Bekentenissen van een flapuit

RENSKE DERKX

Bekentenissen van een flapuit

De Fontein

voor mijn familie
de gekste, grappigste en leukste
ik zou me geen betere kunnen wensen

www.defonteinmeidenboeken.nl
www.renskederkx.nl

© 2011 Renske Derkx
Voor deze uitgave:
© 2011 Uitgeverij De Fontein, Utrecht
Omslagontwerp: Miriam van de Ven
Grafische verzorging: Zeno

ISBN 978 90 261 2303 0
NUR 284

HOOFDSTUK 1
Family sucks

'Waarom mag ik de telefoon ook alweer niet opnemen?'
Mijn vader blaast in zijn kop hete koffie. Het toestel ligt vlak naast hem.

'Omdat ik een heel belangrijk telefoontje verwacht,' antwoord ik. Snel gris ik de telefoon bij hem vandaan. De jongen van mijn dromen kan elk moment bellen. Mijn vader is een schat, maar als hij ontdekt dat er een jongen voor mij belt, kan hij nog wel eens heel vervelende vragen gaan stellen. Dus neem ik liever wat veiligheidsmaatregelen.

'En wanneer kan ík dan weer bellen?' Mijn zusje Carijne kijkt me boos aan. 'Ik moet toevallig ook heel dringend iemand spreken.'

Ik haal mijn schouders op. 'Dan zul je toch even moeten wachten.'

Als zij eenmaal aan de telefoon hangt met een van haar vriendinnen, kan dat uren duren.

'Dus we mogen niet de telefoon opnemen en niet zelf bellen?' Mijn moeder herhaalt geërgerd de regels die ik net heb opgesteld.

'Mam, dit is niet eerlijk. Doe er wat aan!' Carijne probeert de telefoon uit mijn handen te grissen.

'Blijf af,' gil ik. Het apparaat valt uit mijn handen op de grond en rolt onder de bank.

'Kijk nou wat je gedaan hebt!'

'Rustig aan, meiden. Ik vind het belachelijk, Noa, maar we zullen ons tot zeven uur aan je regels houden. Daarna zoek je het maar uit,' zegt mijn moeder.

Ik kijk op de klok. Het is half zeven. Snel ga ik op mijn knieën zitten om onder de bank te kijken. En precies op dat moment gaat de telefoon.

'Nee! Help me zoeken,' gil ik paniekerig.

Mijn vader kijkt geamuseerd toe. 'Dat telefoontje moet wel heel belangrijk zijn,' zegt hij grinnikend.

'Kom op, doe niet zo flauw.' Mijn moeder spoort hem lachend aan. 'Help even mee zoeken. Jij ook, Carijne.'

Carijne slaat haar armen over elkaar. 'Mooi niet. We hebben trouwens ook nog een ander toestel. Volgens mij ligt die boven.'

Ik spring op en ren naar boven. Het gerinkel is gelukkig nog niet opgehouden. 'Waar is die telefoon toch?' Gehaast loop ik naar Carijnes kamer, maar daar komt het geluid niet vandaan. Plots herinner ik me dat ik zelf het laatste heb gebeld. In de deuropening van mijn kamer zie ik mijn broertje Robbie staan. 'Nee, Robbie! Niet op het groene knopje drukken!' Op het nippertje gris ik de telefoon uit zijn handen.

'Met Noa,' zeg ik terwijl ik zwaar adem. Robbie staat me beteuterd aan te staren.

'Hoi, met Roger. Alles goed?'

'Ja, prima,' zeg ik hijgend.

Mijn stem klinkt veel te hoog.

Het blijft even stil.

'Wil je vanavond met me naar de film?' vraagt Roger dan in één adem.

Ja! Ja!

'Dat lijkt me leuk,' antwoord ik bedaard.

'Mooi,' zegt Roger snel. 'Zal ik dan rond kwart voor acht bij jou zijn?'

Het lijkt wel of hij een beetje zenuwachtig is.

'Ja, dat is g–' Ik word onderbroken door Robbie.

'Waarom heeft deze onderbroek alleen een touwtje aan de achterkant?' Hij laat een van mijn strings op en neer bengelen. Aan de andere kant van de telefoonlijn klinkt op hetzelfde moment een ingehouden lach.

'Zie ik je zo dan?' stelt Roger voor.

'Eh, ja. Dat is goed,' stamel ik. Gelukkig is hij geen getuige van mijn knalrode kop. Opgelucht hang ik op. Dan neem ik mijn broertje onder handen. 'Robbie, wil je de volgende keer je mond houden als ik aan de telefoon ben?' Woedend ben ik, omdat mijn broertje me zo voor paal heeft gezet.

'Maar ik wilde alleen…' Zijn ogen staan waterig. Terwijl hij in zijn neus peutert, zwengelt de knalroze string nog steeds in zijn hand.

Ik krijg meteen spijt van mijn uitval. Robbie is per slot van rekening nog maar zes. Hij snapt waarschijnlijk niet eens wat er aan de hand is. 'Nou, geef die in ieder geval maar terug,' mompel ik. Over precies een uur en vijftien minuten heb ik een date met de jongen van mijn dromen en ik weet nog niet eens wat ik aan moet.

Mijn favoriete topje is spoorloos verdwenen. Ook mijn skinny spijkerbroek en vestje zijn nergens te vinden. In mijn kast ligt alleen een zielig uitgedund hoopje hemdjes. Dan maar gebruik maken van het noodplan: mijn zusje. Ze is maar anderhalf jaar jonger, dus we hebben ongeveer dezelfde maat. Ik loop haar kamer binnen. 'Mag ik alsjeblieft iets van jou lenen?'

Carijne kijkt bedenkelijk, maar zwicht toch – voor mijn neplach, hoopvolle blik, of gewoon mijn zielige verschijning? Als ik op haar bed neerplof, voel ik dat ik op een berg kleding ben gaan zitten. Ik vis mijn spijkerbroek, mijn zwarte topje en nog een hele verzameling 'geleende' kleren onder mijn billen vandaan.

'O, die moest ik nog teruggeven,' zegt mijn zusje schaamteloos.

Daar is ze dan wel heel erg laat mee. Na een uitgebreide inspectie ontdek ik dat er drie vlekken op de broek zitten.

'Deze kan ik dus echt niet aan,' roep ik hysterisch.

'Ach, je ziet er bijna niets van,' zegt Carijne sussend.

Omdat het hemdje nog steeds stinkt na er een halve deobus op losgelaten te hebben, blijft er niet zo veel over.

'Je mag deze wel lenen,' oppert mijn zusje. Ze geeft me een kort, rood topje aan, waar je borsten bijna uit vallen. Ik weet niet wat voor een trucjes mijn zusje gebruikt om jongens te versieren, maar zó gaat het bij mij zeker niet!

'Nee, bedankt.' Dan blijft er niets anders over dan een saai topje dat ik nog droeg tijdens de kinderdisco en een spijkerbroek die rijp is voor de vuilnisbelt.

Mijn zelfvertrouwen wordt er niet beter op als ik mijn

moeder spreek. 'Het gaat hem vast om je innerlijk, niet om je uiterlijk,' probeert ze me op te peppen. O, dus zij vindt ook dat ik er niet uitzie! Ik heb zin om naar haar te schreeuwen. Toch houd ik, volwassen als ik ben op mijn bijna-zestiende, mijn mond. Wanneer de bel gaat, draai ik snel een rondje voor de spiegel.

'Onthoud dat wij van je houden om wie je bent, schat,' roept mijn moeder vanachter de strijkplank. 'En doe geen gekke dingen!'

Voor ik naar de deur kan snellen, doet mijn vader al open. Mister 'o hij is zo knap en geweldig' staat voor de deur. Roger draagt een versleten, baggy spijkerbroek, met daaronder zijn afgetrapte All Stars.

'Is dat wel gepast voor een afspraakje?' bromt mijn vader. Dan pas lijkt hij zich te realiseren dat hij dit hardop heeft uitgesproken. Roger wordt knalrood.

'Nou, laten we gaan,' stel ik voor. Hopelijk voorkom ik zo verdere vernederingen.

'Stel je ons niet even voor?' Mijn vader is duidelijk nog niet klaar met zijn genante-vragenuurtje.

'We moeten snel gaan,' roep ik. 'De film begint zo.'

'Het is pas kwart over acht,' mompelt Roger, net iets te hard.

'Oké,' zeg ik snel. 'Roger, dit is mijn vader. Pap, dit is Roger. Kunnen we nu gaan?'

'Zo meteen,' antwoordt mijn vader rustig. 'Ik heb nog een vraagje.'

En dan stelt hij de beschamende vraag die ze alleen in films stellen, waarvan ik me altijd al afvroeg hoe het zou voelen als dat ooit in het echt zou gebeuren. Nou, nu weet ik het. En ik wil ter plekke door de grond zakken.

'Zo, Roger, waar werkt je vader?'

Rogers vader blijkt redacteur bij een plaatselijk dagblad. Mijn vaders ogen beginnen te stralen. Hij is een schrijver in hart en nieren, ofwel 'woordkunstenaar', zoals hij dat zelf altijd noemt. Naast zijn parttime baan als verkoper in een winkel, besteedt hij zo veel mogelijk tijd aan het schrijven van een script. Het lukt me nog maar net om Roger bij mijn ontzettend enthousiaste vader weg te slepen. Als mijn vader eenmaal op dreef is, houdt hij niet meer op.

'Je vader is aardig,' vindt Roger. Ik onderdruk de neiging om met mijn ogen te rollen. Dat zeggen wel meer mensen, maar hij kan soms onbedoeld bot uit de hoek komen. Tegen mijn vriendinnen kan ik openhartig klagen, maar iets zegt me dat ik dat nu beter nog even kan laten. Ik ken Roger namelijk nog helemaal niet zo lang en ik wil niet dat hij me een zeurpiet vindt.

Om bij het begin te beginnen: ik ken Roger via een feest. Eigenlijk kende ik hem stiekem al veel langer, maar dat was meer een kwestie van vol aanbidding naar zijn knappe verschijning staren. Net als alle andere meiden op school, doe ik daar niet veel anders dan roddelen en jongens bekijken. Natuurlijk was Roger mijn geoefend oog niet ontschoten, maar ik wist verder niet veel over hem. Hij zit bij mij op school, maar in een hogere klas. Op dat feest praatte ik voor het eerst met hem.

Een maand later had hij mijn vaste nummer achterhaald, en belde hij me om iets af te spreken. Alles is vrij onschuldig verlopen, dus eigenlijk moet ik er helemaal niets achter zoeken. Stiekem doe ik dat natuurlijk wel. Achter Rogers bedoelingen kan ik helaas niet komen. Zodra we de bioscoop in lopen, komt hij al bekenden tegen.

'Roger, wat doe jij nou hier?' Het zijn een paar jongens die ik herken van school. Grijnzend lopen ze op Roger af en een van hen geeft hem een klap op de schouder.

Rogers blik is ondertussen een beetje betrokken. 'Jongens, alles goed?' Het klinkt niet echt van harte.

De jongens negeren zijn vraag. 'En met wie heb je deze keer een afspraakje?'

'Deze keer?' Zonder dat ik er erg in heb, herhaal ik de vraag. Oeps.

'Ach, Roger spreekt wel eens vaker af met meisjes,' zegt een van de jongens. Dan richt hij zich weer tot Roger, alsof ik niet meer besta.

Ik doe mijn best om te blijven glimlachen. Zo bijzonder ben ik dus helemaal niet.

'Jongens, dit is Noa.' Roger kijkt me niet eens aan terwijl hij het zegt. Er komt niet echt een reactie. De jongens grappen wat onderling en laten mij erbij staan. Ik voel me totaal overbodig. Het blijkt dat ze ook nog eens naar dezelfde film gaan als wij. Wat een ramp.

'We zien jullie in de zaal wel weer. Niet te veel van de film missen, hè?' De jongens knipogen naar Roger en maken kusgeluidjes. Daarna lopen ze weg.

Ik staar naar de grond.

'Kom, laten we maar naar de zaal gaan,' zegt Roger. De

grappige en charmante Roger die ik eerder in hem zag, is totaal verdwenen. Ik weet niet wat ik verkeerd heb gedaan.

In de filmzaal wordt het al niet veel beter. In plaats van de film te volgen, bedenk ik allerlei redenen om de grote afstand tussen ons te verklaren. Tenminste, als je de afstand tussen twee bioscoopstoelen groot wilt noemen. Geen pogingen tot aanraken, zoenen, intiem gedrag of wat dan ook. Niks. Ik doe mijn best om niet teleurgesteld te zijn, maar ik ben het toch.

'Zal ik je thuis afzetten?' Roger lijkt in ieder geval fatsoenlijk. Mijn ouders hebben er een hekel aan als hun dochters 's avonds door het donker moeten fietsen. Ze zullen dus wel blij zijn dat Roger met me mee fietst.

'Mijn vader zal het vast leuk vinden als je nog eens langskomt,' flap ik er impulsief uit. Ik durf hem nauwelijks meer aan te kijken.

Roger lijkt even van zijn stuk gebracht door mijn opmerking, maar tovert daarna een lach op zijn gezicht. 'Dat is mooi. We zullen wel zien.' Het onduidelijkste antwoord dat ik ooit van een jongen kreeg.

Thuis aangekomen, stap ik vlug van mijn fiets af. Roger blijft een beetje knullig met zijn stuur in zijn handen op de oprit staan.

'Waarom deed je zo in de bioscoop? Heb ik iets fout gedaan?' Ik stel de vraag voordat ik er erg in heb.

Rogers gezicht betrekt. 'Ik weet niet wat je bedoelt.'

Ik bloos. 'Laat maar dan.' De stemming is verpest. De afstand tussen ons is ongeveer twee meter. Die afstand vergroot ik alleen maar door verder van hem weg te lopen.

Ik kan niet geloven dat ik mijn eerste afspraakje met Roger zo ontzettend heb verknald.

'Dan ga ik maar.' Roger steekt zijn hand op. 'Ik spreek je nog wel.' En dat was dan dat.

'Jullie hebben niet gezoend?' De dag na mijn mislukte date hang ik met mijn beste vriendinnen Lola en Maud aan de telefoon.

Ik doe mijn best om de teleurstelling te verbergen. 'Nee, maar het was best gezellig.' Mijn stem klinkt ontzettend gemaakt.

'Het komt vast nog wel,' klinkt het door de telefoon.

Ze proberen me alleen maar op te peppen, denk ik somber.

'We zijn nu wel nieuwsgierig naar wie het is. Kun je ons een foto mailen?'

Ik haal moedeloos mijn schouders op, al kunnen ze dat natuurlijk niet zien. 'Waarom ook niet.' Het gaat toch niets worden, dus kan ik hun net zo goed een foto van Roger sturen.

Op dat moment roept mijn moeder me. 'Noa, we gaan eten! Hou je op met bellen?'

Snel hang ik op om mezelf van dit deprimerende gesprek te verlossen. Helaas komt er nog geen einde aan het spervuur van vragen.

'En, hoe was het? Hebben jullie het nog gezellig gehad?' vraagt mijn moeder nieuwsgierig.

'Het was gezellig,' weet ik er opgewekt uit te persen.

'Alleen "gezellig"?' Mijn liefallige zusje komt de eetkamer binnen wandelen.

'Kan Roger goed kussen?' Mijn broertje dreunt het bijna op, alsof iemand het hem ingefluisterd heeft.

Geërgerd trek ik mijn wenkbrauwen op.

'Dat gaat jullie helemaal niets aan.'

'Betekent dit dat het niets geworden is?' Het laatste lid van de familie, alias mijn vader, schuift ook aan tafel. Als ik niet antwoord, schudt hij teleurgesteld zijn hoofd. 'Dat is jammer. Ik vond het een erg leuke jongen.'

Ik voel de ergernis als kokend water in me opborrelen. 'Het zijn jullie zaken helemaal niet!' Ik schuif mijn stoel hard naar achteren en sta op. In een paar passen ben ik boven en ik sla de deur achter me dicht. Ik haat mijn familie!

HOOFDSTUK 2
Twee flirtende vriendinnen

Jongens zijn stom. Ik ga me nooit meer inlaten met leden van de andere sekse. Nadat ik mezelf duizenden verwijten heb gemaakt en pagina's vol heb geschreven in mijn dagboek, kom ik tot inkeer. Het is fout gegaan, maar dat kan ook aan hem liggen. Ik ben nooit echt onzeker geweest, maar van Roger kan ik totaal geen hoogte krijgen. Ik krijg er de kriebels van. Net als ik me voorgenomen heb om Roger te vergeten, loop ik hem tegen het lijf in het winkelcentrum.

'O, hoi Noa,' mompelt hij lichtelijk beduusd. Hij lijkt niet erg blij me te zien.

'Hallo,' groet ik hem koeltjes. Hoewel ik het heerlijk vind om hem te zien, laat ik dat niet merken. Volgens mijn vriendinnen werkt het als je afstandelijk tegen jongens doet. Je moet moeilijk bereikbaar zijn.

'Hoe gaat het met je?' Roger weet kennelijk niet zo goed wat hij tegen me moet zeggen. Het lijkt alsof hij elk moment wil wegrennen.

'Het gaat best goed. En met jou?' Ik hou het kort, omdat ik bang ben dat ik er weer iets imbeciels uit zal flappen.

'Het gaat goed met me,' antwoordt Roger. Hij kijkt een beetje schichtig om zich heen. 'Zeg, heb je misschien tijd om dit weekend iets leuks te gaan doen?'

Verbeeld ik het me nou, of verschijnt er een lichte blos op zijn wangen? Blosje of niet, inwendig juich ik van blijdschap.

'Ik denk dat ik dan wel even tijd heb,' reageer ik onverschillig. Het liefst zou ik het uitgillen, maar dat laat die stomme tactiek van mijn vriendinnen niet toe. Volgens de tactiek doe ik het prima, totdat ik me bedenk dat ik al iets afgesproken heb.

'Ik kan niet, sorry,' stamel ik. 'Dan heb ik al afgesproken met mijn twee beste vriendinnen.'

Roger haalt zijn schouders op, waarna er een ondeugende glimlach op zijn gezicht verschijnt.

'Je zou me ook aan ze kunnen voorstellen, als je dat wilt.'

En zo bel ik mijn vriendinnen nog diezelfde middag op, om ze het plan uit te leggen. Wie had dit kunnen denken? Roger verandert van verleden tijd in tegenwoordige tijd.

Lola heeft donkerbruine krullen en benen zo lang als die van een supermodel. Ken je de beroemde Axe-reclame? Die jongen spuit deo op en er komen dan opeens duizenden vrouwen op hem af stormen. Deze reclame is perfect op Lola van toepassing, alleen dan andersom. Ik weet niet wat voor een soort deo ze gebruikt, maar het werkt heel erg goed. Elke jongen die ze tegenkomt, is op slag verliefd op haar. Misschien overdrijf ik een beetje, maar ze is zeker in trek bij de jongens. Zelfs een geblokt tafelkleed zou haar mooi staan.

Mijn andere vriendin heet Maud. Zij is het soort type dat meer dan achthonderd hyvesvrienden heeft, en ze ook allemaal kent. Als je met haar op stap bent, komt ze altijd tientallen mensen tegen met wie ze 'even een praatje moet maken'. Als de jongens niet op Lola vallen, dan vallen ze wel op Maud met haar mooie praatjes. Is het dan logisch dat ik, nu ik op het punt sta Roger aan hen voor te stellen, een piepklein beetje nerveus ben? Wie weet stapt hij, zodra hij Lola gezien heeft of Maud heeft leren kennen, wel over naar een van mijn vriendinnen.

Roger ziet eruit alsof hij zo uit de Nespresso-reclame is komen lopen. Hij lijkt een beetje op George Clooney, maar dan in een jongere versie.

'Roger, dit zijn Lola en Maud.' Terwijl ik zijn reactie scherp in de gaten hou, stel ik hem voor aan mijn vriendinnen.

'Aangenaam kennis te maken,' zegt hij glimlachend. O, hoe charmant! Ik zwijmel alweer bijna weg, als Lola met haar ogen begint te knipperen.

'We hebben al heel veel over je gehoord!' Knipper, knipper.

'En in het echt ben je nog knapper dan op de foto's die Noa heeft laten zien,' zegt Maud plagerig. Bedankt, Maud. Nu denkt hij vast dat ik een of andere stalker ben.

'Nou, dankjewel,' antwoordt Roger gevleid.

'Jeetje, je lijkt wel een beetje op George Clooney,' zegt Lola terwijl ze weer met haar ogen knippert.

Nou zeg! Dat waren míjn woorden! Al heb ik ze niet uitgesproken. Knipper, knipper. Flirt, flirt. Ik probeer mijn vriendinnen duidelijk te maken dat ze moeten stoppen en dat Roger van mij is, maar ze gaan vrolijk door.

'Heb jij niet toevallig een broertje dat op voetbal zit?' vraagt Maud.

'Ja, dat klopt,' zegt hij, duidelijk geamuseerd. Begint hij nu al voor een van hen te vallen? Ik probeer paniekerig met een gevatte opmerking te komen, maar mijn hersenen lijken niet meer te werken. Roger begint vol enthousiasme over zijn voetballende broertje te vertellen en blijkt verbázend veel dezelfde interesses als Maud te hebben.

Lola laat ondertussen haar haar, dat ze eerst in een staart droeg, losjes over haar schouders vallen. Het elastiekje probeert ze speels om haar vingers te wikkelen, maar het valt op de grond. 'Oeps,' roept ze lachend. Wanneer ze bukt, kruipt haar rokje terloops omhoog. Geërgerd sein ik een paar keer met mijn ogen, maar alle twee mijn vriendinnen lijken niets door te hebben.

'Hállo, Roger is wel míjn afspraakje!' Beledigd kijk ik naar Maud en Lola. Te laat realiseer ik me dat ik het hardop heb gezegd. Mijn vriendinnen kijken me een beetje vreemd aan. 'Dat was een grapje,' zeg ik snel. Ik huppel ongeduldig van de ene op de andere voet. Wanneer, o wanneer is deze eersteklasramp voorbij?

Het einde komt sneller dan verwacht. Rogers mobieltje gaat af en hij gaat een eindje bij ons vandaan staan bellen.

'Nou nou, Noa. Deze jongen mag er zeker wezen, hoor,' zegt Lola terwijl ze naar me knipoogt.

Ik glimlach gegeneerd. Het liefst zou ik ze allebei eens

keihard zeggen waar het op staat, maar dat durf ik niet.

'Een heel leuke jongen,' beaamt ook Maud. 'We hebben echt ontzettend veel gemeen. Is dat niet toevallig?'

Ik haal geïrriteerd mijn schouders op.

Roger komt weer bij ons staan. 'Sorry, ik was helemaal vergeten dat ik ook nog iets met een vriend ging doen. Ik moet dus gaan.'

'Dat geeft niet, hoor.' Lola lacht haar stralend witte tanden bloot. 'Het was heel gezellig.'

'Mooi zo. Dat vond ik ook.' Roger beantwoordt haar glimlach. 'Het was leuk jullie ontmoet te hebben en misschien zie ik jou,' hij richt zich tot Maud, 'nog wel een keertje op het voetbalveld.' Hij slaat losjes een arm om me heen als hij zegt: 'En jou bel ik nog wel.'

Maud en Lola maken giechelend kusgeluidjes.

Ik kijk gegeneerd de andere kant op. Voor ik het weet is hij weg.

'Wat een ontzettend leuke jongen,' zwijmelt Lola. Gister is het er niet meer van gekomen, maar vandaag op school hebben we tijd om Roger eens uitvoerig te bespreken.

'Hij is knap,' vindt Maud. 'En hij was ontzettend charmant. Ik hoop dat ik hem nog eens op het voetbalveld tegenkom.'

Ik kijk hen verward aan. 'Hallo? Volgens mij was hij toch echt mijn date. Kunnen jullie niet gewoon blij voor me zijn, als normale vriendinnen?' Oeps. Dat had ik beter niet op die manier kunnen zeggen.

'We zijn ook blij voor je,' zegt Maud met een lach. 'Hij is helemaal goedgekeurd.'

Ik staar boos naar de grond. 'Dat was wel duidelijk.'

Lola slaat een arm om me heen. 'Wat denk jij nou? Roger is helemaal weg van jou, dat is zo duidelijk als wat. Maud en ik maken niet eens een kans, al zouden we dat willen.'

'En dat willen we helemaal niet,' verzekert Maud me.

Ik bloos en voel het overal kriebelen.

'Bovendien heb ik mijn oog al op iemand anders laten vallen,' vertelt Lola. 'Ik had zaterdag een ontzettend leuk afspraakje!'

'Echt waar?' roept Maud. 'En dat vertel je ons niet eens!'

We kijken haar nieuwsgierig aan. Lola heeft elk weekend wel een nieuwe date, waarvan ze ons altijd op de hoogte houdt. Haar liefdesleven is net een soapserie: er gebeurt altijd wat.

'Nou, ten eerste was hij knap...' Lola glundert terwijl ze het vertelt.

Ik kijk van haar naar Maud en vraag me af waar ik me zo druk om maakte. Mijn vriendinnen zullen nooit wat met Roger beginnen. Het is de ongeschreven vriendinnenregel: vriendjes en ex-vriendjes zijn verboden terrein. Aan die regel houden we ons al eeuwen. Lola en Maud zullen hem nooit breken. Daar zijn we beste vriendinnen voor.

Na schooltijd stappen we op de fiets. Lola flirt met een paar jongens, Maud maakt nog snel een praatje met wat ouderejaars, maar dan kunnen we toch eindelijk vertrekken. Zoals altijd zorgt Lola's vertrek van het schoolplein voor een hoog fluitgehalte. Ze geniet er zichtbaar van.

'Lola, je bent onverbeterlijk,' zegt Maud met een lach.

Lola haalt haar schouders op en zwaait naar een paar jongens.

'Ik dacht dat jij de date van je leven al gevonden had afgelopen zaterdag,' zeg ik quasiverbaasd.

'Ach nee! Ik ben alweer zoekende,' antwoordt Lola met een knipoog.

Maud en ik wisselen een blik. We kennen Lola nu al zo lang, maar toch blijft ze ons verbazen op dit gebied.

'En hoe staat het met jou?' Lola richt haar blik op Maud. 'Ben jij ook weer op zoek? Na jouw laatste relatie is er ook niet veel meer gebeurd.'

Maud slaat haar ogen neer. 'Ik weet het niet. De meeste jongens zijn zulke sukkels.' Maud is erg kieskeurig.

'Met uitzondering van Roger natuurlijk,' flap ik eruit.

Lola en Maud moeten lachen.

'Dat is waar. Maar dat gaat helemaal goed komen,' zegt Lola. 'Hij zou je toch bellen?'

Ik knik. Dat is ook zo, maar tegelijkertijd voel ik me onzeker. Wat bedoelde hij met 'Ik bel je nog wel'? Belt hij over een paar dagen? Over een paar weken? Of belt hij helemaal niet meer? Jongens zijn zó moeilijk te begrijpen.

HOOFDSTUK 3
Talentvol meisje met een hondenfobie

Volgens mijn moeder heb ik vele talenten. Als ik er echter zelf over nadenk, kan ik er maar drie ontdekken. Ten eerste kan ik aardig schrijven, net als mijn vader. Vaak schrijf ik in mijn dagboek, maar erg professioneel is dat natuurlijk niet. Niet echt iets om trots op te zijn dus. Ten tweede heb ik een wiskundeknobbel. Eens, in een zwarte periode, deed ik mee aan een wiskundewedstrijd en won daar de tweede prijs. Niet echt iets waar je een goede reputatie door krijgt. Maar mijn grootste gave is nog altijd mezelf voor paal zetten. Ik flap er van alles uit, of manoeuvreer me in de meest vreemde situaties.

Met het opnoemen van dingen die ik niet heb of kan, kom ik een stuk verder. Ik heb geen mooie, superlange benen, zoals Lola. Ik heb geen interessant leven om over te praten, zoals Maud. Ik heb alleen een heel erg grote mond, en in het bijzijn van jongens word ik hartstikke onzeker.

Net als ik zit te bedenken dat ik nooit een fatsoenlijke jongen zal vinden, omdat ze niet op zo'n gek, talentloos meisje met een grote mond zullen vallen, word ik gebeld.

Op de display staat een naam die mijn hart doet overslaan: ROGER.

Misschien belt hij wel om het mobiele nummer van een van mijn vriendinnen te vragen. Niet te opgewonden reageren, hou ik mezelf daarom voor.

'Hallo,' piep ik met een hoog stemmetje.

'Hoi. Is er wat met je stem?' vraagt Roger verwonderd.

'O, nee hoor,' zeg ik haastig. Het blijft even stil aan de andere kant van de lijn. In de spiegel check ik of mijn haar nog wel goed zit. Een nutteloze actie, want Roger kan me niet eens zien.

'Ik vroeg me af of je zin had om straks even langs te komen,' zegt hij dan in één adem. 'Als je tijd hebt tenminste.'

Ja! Ja! Ja! Natuurlijk wil ik langskomen! 'Dan moet ik even in mijn agenda kijken,' reageer ik zakelijk. Ik doe net alsof ik door mijn agenda blader. Die is natuurlijk afspraakjesloos. 'Hoe laat had je in gedachten?'

'Rond vijf uur,' zegt hij.

'Ik geloof dat ik dan niet kan,' lieg ik.

'O. Jammer.' Roger klinkt teleurgesteld.

Wat bezielt mij eigenlijk? Waarom bestaan er van die stomme regels die zeggen dat je *hard to get* moet spelen? Mijn vriendinnen schijnen zich er altijd aan te houden, maar op het moment werpt dat ook geen vruchten af. Ze zitten alle twee zonder vriendje. Ik zit bovendien te popelen om Roger weer te zien.

'Wacht,' roep ik. 'Misschien heb ik toch wel tijd. Ik zat bij de verkeerde week te kijken.'

'Dus je kunt wel komen?' Roger weet vast niet meer wat hij ervan moet denken.

'Ja, ik denk het wel,' antwoord ik, plots weer niet helemaal zeker van mijn plan. Goh, dat klinkt niet echt alsof ik er zin in heb. 'Ik wip wel even langs,' zeg ik snel.

'Mooi,' stamelt hij verward. 'Dan zie ik je straks.' Zonder nog iets te zeggen, hangt hij op.

Mijn moeder staat erop me voor zijn huis af te zetten, om zo zijn ouders te ontmoeten, maar dat weiger ik. Hallo, derde date pas! Met rode wangen van het haasten en de kou bel ik aan.

Roger doet zelf open. Naast hem staat een grommende herdershond.

Ik spring verschrikt achteruit.

'O, help!' Mijn stem maakt een vreemd piepend geluid. Waarom slaat mijn stem steeds over wanneer Roger in de buurt is?

'Je hoeft niet bang te zijn,' zegt Roger lachend. 'Hij doet niets.' Na die woorden springt de hond wild tegen me op, alsof hij op een commando gewacht heeft.

Ik kijk recht in zijn bek met scherpe tanden en slaak een gilletje. De hond begint alleen maar harder te blaffen. Ik verlies mijn evenwicht en beland in de struiken.

'Af!' roept Roger boos. De hond druipt af.

Ik weet niet wat ik moet doen, lachen of huilen.

'Sorry, kom vlug naar binnen.' Roger helpt me omhoog.

'Misschien is dat niet zo'n goed idee, die hond en ik in dezelfde ruimte,' protesteer ik.

Ondertussen probeer ik mijn haar weer in model te krijgen.

'Ik sluit hem wel op in zijn hok,' belooft Roger, terwijl hij me mee naar binnen neemt.

Behoedzaam kijk ik om me heen. Overal hangen fotoportretten aan de muur, met daarop drie lachende jongens. Ik probeer uit te vinden wie van de jongetjes op de foto Roger is.

'Al een beetje van de schrik bekomen?' Roger staat naast me in de gang.

Ik knik langzaam. Jeetje, hij is wel heel erg dichtbij. 'Je ruikt naar een lekker mannenluchtje, met pepermunt.' Ik snuif zijn geur op en zwijmel weg. Mmm, ik heb zin om hem te zoenen. In zijn ogen zie ik een vreemde blik. Zou hij mij soms ook willen zoenen?

'Wat zei je precies?' Rogers stem brengt me weer terug naar de realiteit.

'Ik weet niet helemaal wat je bedoelt,' stamel ik.

'Je had het over pepermunt,' helpt Roger me herinneren.

Ik weet even niet wat ik moet zeggen. Heb ik dat echt hardop gezegd? 'Ik zei dat ik pepermunt lekker vind,' zeg ik blozend.

Roger trekt een wenkbrauw op. 'Het zal wel. Wil je wat drinken?'

Ik slik. Moment voorbij.

'Die hond van daarnet is van de buren,' vertelt Roger me, terwijl hij wat te drinken inschenkt. 'We passen een weekje op hem.'

'Nou, dat is erg... liefdadig van jullie,' mompel ik. 'Er bestaat toch ook zoiets als een asiel?'

Roger kijkt verbaasd op. 'Ja, maar we doen het graag.'

'Natuurlijk. Sorry, dat was iets te direct,' zeg ik blozend.

'Ik hou wel van direct,' zegt Roger zonder blikken of blozen. Hij zet mijn glas neer op tafel. 'Ga zitten.'

Er valt een ongemakkelijke stilte.

'Luister,' begint Roger. 'Het spijt me dat het laatst zo gelopen is, in de bioscoop. Ik had me anders moeten gedragen.'

Ik knik. 'Ach, het maakt niet uit. Je hebt toch afspraakjes aan de lopende band.'

Ik sla mijn hand voor mijn mond. 'En dat wilde ik helemaal niet zeggen.'

'Geeft niet,' zegt Roger. 'Je zegt gewoon wat je denkt. Maar zoveel afspraakjes heb ik helemaal niet.' Als hij zijn glas pakt, raakt zijn hand de mijne even aan. Ik krijg het er helemaal warm van, maar probeer er niets van te laten merken.

'Roger, ik zie dat je een gast meegenomen hebt! Is dit je nieuwe vriendinnetje?' In de deuropening staat een vrouw, vermoedelijk de moeder van Roger.

Verschrikt trekken we allebei onze handen weg. Roger stoot mijn glas omver. Ik probeer nog op te springen, maar de vloeistof heeft zich al over mijn shirt en broek verspreid.

'Sorry,' mompelt Roger beschaamd.

'Mam, dit is Noa. Ze is gewoon een vriendin. Noa, dit is mijn moeder.'

Gewoon een vriendin? Nou, dan weet ik dat ook weer.

Ik laat niet merken dat ik gekwetst ben.

'Arm kind, ik zal even een doekje pakken. Blijf je eten vanavond? We hebben altijd plek voor gasten.'

Ik kijk een beetje hulpeloos naar Roger, maar die ontwijkt mijn blik.

Ik begrijp de boodschap. 'Misschien is het handiger als ik thuis schone kleren aan ga trekken.'

'Natuurlijk, dat snap ik.' Rogers moeder geeft me een paar tissues. 'Je bent altijd welkom, hoor! Nietwaar, Roger?'

Roger staart naar de grond. 'Mam, doe normaal.'

'O, sorry. Ik ben weer te veel. Al die zoons, soms snap ik er helemaal niets van.' Rogers moeder werpt me een vrolijke blik toe en schudt dan haar hoofd naar Roger. 'Ik ben al weg. Ik hoop je snel nog eens te zien, Noa.'

Ik glimlach en zwaai naar haar.

Zodra ze de kamer uit is, kijkt Roger me aan. 'Sorry, dat was dus mijn moeder. Ze is nogal...'

'Direct?' Vanbinnen kan ik wel huilen omdat ik nu zeker weet dat hij me niet leuk vindt, maar ik hou mijn vrolijke masker op. 'Dat is niet erg, ik hou wel van direct. Als je het niet erg vindt, ga ik nu naar huis. Ik zit onder de cola.'

'Ja, tuurlijk.' Roger loopt voor me uit en doet de deur voor me open.

Weer een mislukte date. 'Het was weer erg...' Ik weet niet wat ik moet zeggen.

'Sorry.' Roger kijkt me beschaamd aan.

Ik heb het gevoel dat ik verdrink in zijn chocoladebruine ogen.

'Hmm,' mompel ik als hij dichterbij komt. Nu gaat het gebeuren.

Op dat moment klinkt er luid geblaf. De herdershond heeft zich op de een of andere manier bevrijd uit zijn hok en springt wild tegen ons op.

Ik begin te gillen en stap snel de stoep op.

'Ik moet ervandoor. Tot later!'

Even later zit ik met Lola en Maud op een stenen muurtje in het winkelcentrum. Onze favoriete bezigheid is mensen spotten. Dit is dan ook de perfecte therapie tegen mijn opkomende depressie.

'Dus hij zei dat je gewoon een vriendin was?' Lola kijkt me vol medelijden aan. 'Wat een sukkel. Je moet hem vergeten, en snel!'

Ik knik stilletjes.

Maud houdt haar ogen strak op de straat gericht. 'Oh la la!' mompelt ze plotseling. Onze hoofden draaien meteen in dezelfde richting. We vinden het heerlijk om leuke jongens te bekijken.

'Jeetje, die is echt niet mis,' verzucht Lola.

De desbetreffende jongen heeft heel schattige krulletjes. Naast hem lopen nog twee andere jongens, maar die halen het qua uiterlijk bijlange na niet in vergelijking met Mister Krul.

'Dit is echt mijn geluksdag!' fluistert Maud naar ons. Ze speelt flirterig met haar haren, terwijl de jongens onze kant op komen.

'Hoezo, geluksdag?' vraag ik onnozel.

'Ik ken een van zijn vrienden,' verduidelijkt Maud. De

ongelofelijke big smile verdwijnt geen seconde van haar gezicht. 'Julian, hoe gaat het?'

Lola draait zich ook naar het gezelschap toe, nadat ze mij een knipoog heeft gegeven.

'Jou heb ik lang niet gesproken!' gaat Maud verder.

'Nou, dat is inderdaad een hele tijd geleden,' zegt Julian. Hij is duidelijk een beetje verbaasd over de hele situatie.

Lola werpt Mister Krul een glimlach toe en strekt ondertussen haar benen. Haar ultra korte rokje kruipt nog een stukje verder omhoog.

Ik slaak een diepe zucht en slaag erin zo lelijk mogelijk te kijken wanneer Mister Krul een blik op mij werpt. Ik ben niet geïnteresseerd. Geef mij maar gewoon een jongen zoals... Roger. Ik zwijmel alweer bijna weg, maar dwing mezelf in het hier en nu te blijven. Roger vindt mij niet bijzonder genoeg en ik hem dus ook niet. Daar blijft het bij.

'Ik zal nooit een jongen krijgen,' verzucht ik. Voor ik het doorheb, kijken mijn vriendinnen en de jongens me vreemd aan. Oeps! Heb ik dat net echt hardop gezegd? 'Ik bedoel, ik citeer een zin uit een boek,' red ik me er hakkelend uit.

Julian, Maud en Lola trekken allemaal hun wenkbrauwen op, terwijl Mister Krul geamuseerd lacht.

'Zeg, ken ik jou niet ergens van?' vraagt hij.

Ik schud automatisch mijn hoofd. 'Dat denk ik niet. Als ik zo'n leuke jongen als jij al eerder had gezien, zou ik hem heus niet zomaar vergeten.'

Lola en Maud kijken me met open mond aan. De jongen schiet in de lach.

Ik sla mijn hand voor mijn mond. Waar ben ik in hemelsnaam mee bezig? 'Zo bedoelde ik het niet.' Geen idee hoe ik me hieruit kan redden.

'Laat me raden, weer een citaat uit een boek?' De mondhoeken van Mister Krul krullen op tot een klein lachje.

'Misschien wel.' Ik hou mijn hand voor mijn mond, voor ik er nog meer onzinnige dingen uitgooi.

'Hij vindt je leuk,' fluistert Lola in mijn oor. '"Ken ik jou niet ergens van" is een slappe manier voor een jongen om te zeggen dat hij interesse heeft.'

'Echt waar?' Ik krab achter mijn oor.

Lola weet heel veel van jongens. Ze heeft al het nodige meegemaakt.

'Nou, maar misschien ben ik wel niet geïnteresseerd in hem,' fluister ik terug.

'Waarom niet? Hij is in één woord verrukkelijk!'

'Misschien wil ik wel gewoon iets anders,' antwoord ik vaag.

'Iets anders als in: Roger?' Lola kijkt me samenzweerderig aan.

'Dat zou kunnen.' Ik bijt op mijn lip en word rood.

'O, o, o. Vind je hem nog steeds leuk? Je moet hem echt vergeten, hoor. Herinner je je dat fiasco van vanmiddag nog?'

Bam! Die komt hard aan.

Ondertussen heeft Maud het gesprek afgerond. 'Het was leuk jullie te zien,' zegt ze.

'Dat was het zeker. Misschien zie ik jullie nog wel eens?'

Mister Krul kijkt mij aan. Lola en Maud maken giechelend kusgeluidjes, terwijl ik geërgerd voor me uit kijk. Het lijkt erop dat ik een aanbidder heb, maar dat kan ik nauwelijks geloven. Wie valt er nou voor een flapuit als ik?

HOOFDSTUK 4
Een idioot met wiskundeknobbel

'Er is één leerling die de toets uitzonderlijk goed heeft gemaakt!' Mijn wiskundelerares staat te popelen om de toetsuitslagen bekend te maken. Ik hou mijn adem in. 'Noa heeft een negen gehaald!' Ze is minstens zestig. De bejaarde geeft me trots een knipoog.

Ik glimlach verlegen terug en neem het proefwerk aan. De wiskundeknobbel heb ik waarschijnlijk van mijn moeder geërfd. Normale mensen zouden daar blij mee zijn, maar ik ben dat eigenlijk niet. Als je steeds maar de hoogste cijfers voor je wiskundeproefwerken haalt, gaan mensen je op een bepaalde manier bekijken. En in mijn wiskundeklas bekijken ze me nu als 'dat meisje dat eens aan een wiskundewedstrijd heeft meegedaan en sindsdien altijd hoge punten krijgt'. Bedankt, bejaarde. Omdat ze me altijd zo veel complimenten geeft, sta ik op school bekend als wiskundenerd. Niet echt een reputatie om over op te scheppen. In stilte vervloek ik haar wanneer een paar meisjes met elkaar fluisteren en dan een blik op mij werpen.

Gelukkig zijn er ook nog een paar vakken waar ik dan weer niks van bak. Engels, bijvoorbeeld. Terwijl ik in gebrekkig Engels een gesprekje met Maud start, staat de leraar ons afwachtend aan te kijken. Ik kan heus wel een beetje Engels praten, maar het lukt helemaal niet goed in het bijzijn van meneer Van Dijk.

'Vertel eens wat meer over je hobby's,' geeft hij als tip.

In plaats van de zinnen op te zeggen die ik gisteren nog uit mijn hoofd geleerd heb, begin ik als een bezetene onzin te brabbelen.

'Heb jij je huiswerk wel geleerd, Noa?' Meneer Van Dijk kijkt me onderzoekend aan. 'Ik denk dat ik je ouders maar eens een belletje ga geven,' zegt hij dan. Hij krabbelt iets op zijn notitieblaadje en loopt verder.

Maud kijkt me vragend aan.

Ik haal mijn schouders op. 'Ik heb gisteren meer dan een uur woordjes en zinnen geleerd.'

'Waarom ging het dan fout?' Maud begrijpt het niet. Zij deed het wel goed, maar dat is geen verrassing, aangezien zij een ster is in alle talen. Volgens mij heeft ze op haar rapport voor Engels een negen.

'Ik had ineens een soort kortsluiting in mijn hoofd,' zeg ik peinzend. 'Alsof alles op slot ging.'

'Dat is vreemd,' zegt Maud. 'Weet je nu wel weer een paar zinnen?' Ze begint me een aantal vragen in het Engels te stellen. Tot mijn eigen verbazing lukt het me om op een paar kleine dingen na foutloos antwoord te geven. 'Je moet vragen of je het opnieuw mag doen,' vindt Maud.

Ik snap ook niet waarom het net niet lukte en nu weer wel. Als meneer Van Dijk weer afwachtend bij ons komt staan, begint Maud opnieuw het ingestudeerde gesprekje. Ik probeer geconcentreerd te luisteren, maar haar woorden gaan het ene oor in en het andere oor uit. Wanneer ik antwoord moet geven, bijt ik op mijn lip. Het lukt weer niet.

'Zeg, is dit een stomme grap?' Meneer Van Dijk lijkt een beetje pissig.

'Nee, meneer. Ik heb echt mijn best gedaan,' stamel ik.

'Jij hebt je best gedaan als je de zinnen kent. Volgens mij heb je niet hard genoeg geleerd. Van een vierdeklasser verwacht ik meer.' Meneer Van Dijk maakt nog een aantekening en loopt dan weg. En ik heb een dikke onvoldoende op mijn rapport.

Wanneer ik in de pauze mijn kluisje open om de boeken voor de volgende lesuren in mijn tas te doen, valt er een klein roze briefje uit. Eerst denk ik dat het een flauw grapje van mijn vriendinnen is. We gooien briefjes met grappige teksten in de kluisjes, meestal om elkaar op te peppen. Maar op het briefje staat helemaal geen tekst, alleen een reeks cijfers. Wanneer ik iets langer nadenk, krijg ik door dat de cijfers deel uitmaken van een mobiel telefoonnummer. Wie zou zijn telefoonnummer nou op een blaadje schrijven en het in mijn kluisje gooien? Het moet bijna wel van een jongen zijn, maar dat is onmogelijk. Bovendien is het papier roze. Waarschijnlijk heeft iemand het per ongeluk in het verkeerde kluisje gegooid. Ik wil het papiertje in de prullenbak gooien, maar een hand houdt me tegen.

'Ben je helemaal gek geworden?' Ik kijk recht in het

gezicht van Maud. Ze grist het papiertje uit mijn handen. 'Weet je wel van wie dat briefje is?'

Ik schud langzaam mijn hoofd.

Maud rolt met haar ogen. 'Het heeft me ontzettend veel moeite gekost om mijn mond hierover te houden tijdens de les, maar ik heb me ingehouden. En nu gooi jij het briefje bijna weg!'

Ik word steeds nieuwsgieriger. 'Vertel op, wat is dit voor een flauwe grap?'

Het is nu wel duidelijk dat zij het briefje geschreven heeft.

'Ken je Julian nog?'

'Julian?' Ik herhaal het een beetje sullig, omdat ik geen idee heb over wie ze het heeft.

'Vorige week vrijdag, in het winkelcentrum?' Maud knippert met haar ogen. 'Nadat jij jezelf enorm voor schut hebt gezet bij...'

Ik hef mijn hand op. 'Ja, hou maar op. Ik weet het alweer.' Maud vindt het blijkbaar nodig om me eraan te blijven herinneren. Ik denk terug aan die middag bij Roger thuis. 'Wacht eens even! Waarom geef je me het nummer van Julian?' Ik weet niet eens meer precies hoe hij eruitzag.

'Dat is niet het nummer van Julian!' Maud grinnikt. 'Dat is het nummer van zijn heel erg knappe vriend!'

Ik kijk haar beduusd aan.

'Ik heb zijn nummer van Julian gekregen. Hij vroeg of ik het aan jou wilde geven. Ga je hem bellen?' Ze staat te popelen om mijn reactie te horen.

'Misschien,' antwoord ik geheimzinnig.

Maud kijkt teleurgesteld.

'Ik zal je wel op de hoogte houden,' beloof ik haar. Vanbinnen kan ik het wel uitgillen. Een heel erg knappe jongen heeft me net zijn nummer gegeven! Het liefst zou ik een rondedansje doen, midden in de schoolgang. Dit is echt een boost voor mijn zelfvertrouwen.

Met de telefoon in mijn hand staar ik vertwijfeld naar het stukje papier dat voor mijn neus ligt. Mijn handen zweten, mijn knieën bibberen en mijn wangen zijn knalrood. Voor me ligt het telefoonnummer van Mister Krul. Waarom bel ik hem niet gewoon? Omdat er momenteel geen één, maar twee jongens door mijn hoofd zweven. Ergens willen mijn hersenen maar niet bevatten dat ik Roger beter kan vergeten. Dat is echter niet zo gek, aangezien mijn hersenen het ook op school lijken te begeven. Ik haal alleen nog maar onvoldoendes.

Na drie glazen fris, een halve reep chocola en tien keer op en neer ijsberen is het dan eindelijk zover. Met trillende vingers tik ik het nummer in. De telefoon gaat een paar keer over.

'Met Thijmen,' klinkt er aan de andere kant van de lijn.

Juist. Thijmen. Is dat hem? Ingespannen luister ik en probeer ik zijn stem te plaatsen. Helaas moet ik zeggen dat ik niks herken. Teleurgesteld hang ik op. Heeft Maud me wel het juiste nummer gegeven? IJverig tik ik het nummer nog een keer in. Deze keer wordt er meteen opgenomen.

'Hallo?' De persoon aan de andere kant van de lijn klinkt een beetje geïrriteerd. Deze stem komt me iets bekender voor.

'Hallo-o,' antwoord ik bibberig. Nog even en ik doe het in mijn broek.

'Met wie spreek ik?'

'Ja, met wie spreek ik?' vraag ik boos. 'Misschien heb ik wel het verkeerde nummer gedraaid.'

'Noa, ben jij dat?' Aan de andere kant klinkt de stem plots iets vrolijker.

'Hoe weet jij wie ik ben?' vraag ik verbaasd.

'Nou, omdat je me al eens eerder hebt gebeld,' verklaart de stem.

'Nou, dat lijkt me stug,' protesteer ik. 'Ik weet je naam niet eens.'

'Ik ben het, Roger.'

Roger? Mijn hart maakt een sprongetje. 'Roger? Sorry, maar die moet ik niet hebben,' zeg ik zo normaal mogelijk. 'Dan heb ik waarschijnlijk het verkeerde nummer gedraaid.'

'Geef de telefoon hier, rotjoch!' Ik word opeens onderbroken door een luide woordwisseling aan de andere kant van de lijn.

'Met Camiel,' klinkt er nu.

'Thijmen, Roger, Camiel? Wonen jullie allemaal in hetzelfde huis?' vraag ik. 'Hoe moet ik nu weten wie van jullie de goede is?' Aan de andere kant hoor ik gegrinnik.

'Nou, ik ben degene die je via een enorme omweg zijn nummer heeft gegeven,' zegt Camiel. 'Dus ik denk dat ik degene ben die je moet hebben. Tenzij je voor Roger belt?'

'Nee, dat was niet echt het plan,' antwoord ik aarzelend.

'Mooi, want zijn toestemming heb ik al. Ik heb hem daarnet gevraagd of ik je mee uit mocht vragen. Hij had er geen problemen mee.'

Vraagt Mister Krul, eh, pardon: Camiel, me mee uit? Wacht eens even... Heeft Roger daar zijn toestemming voor gegeven? Au, dat doet pijn. In mijn hoofd is het momenteel een zooitje. Camiel en Roger, Roger en Camiel...

'En wie is Thijmen dan?' vraag ik verward.

'Thijmen is ons broertje,' legt Camiel uit. 'Maar dat is allemaal niet zo interessant. Ik wilde je vragen of je volgende week, of de week daarop, misschien tijd hebt om iets leuks te gaan doen.'

'Dat lijkt me geweldig!' Ik geef mezelf een corrigerende tik, terwijl ik het eruit flap. 'Ik weet alleen niet of ik wel tijd heb.'

Camiel moet lachen. 'Dat zou heel erg jammer zijn.'

Ik kuch even. 'Ik denk dat ik wel wat tijd vrij kan maken,' antwoord ik.

'Mooi! Wat dacht je van volgende week vrijdag?'

Moet ik nu weer 'heel erg drukbezet' gaan spelen? Ach, weg met die stomme tactiek! 'Vrijdag lijkt me prima,' antwoord ik met een glimlach.

'Kom je rond vier uur naar mijn huis? Dan kunnen we misschien even langs de kermis,' stelt Camiel voor.

'Ja, dat is goed,' zeg ik.

'Dan zie ik je vrijdag. Tot snel. Dag, Noa.'

Na deze woorden hangt Camiel op. Ik kan het gewoon niet bevatten. Ik heb een afspraakje met de broer van Roger. Roger is nu echt verleden tijd. En bovendien is deze broer echt ontzettend leuk, knap en vast ook wel lief. Van blijdschap maak ik een dansje door de kamer, waarbij ik uitglijd over een rondslingerende spijkerbroek en met mijn kont pijnlijk op de grond beland. Op dat moment maakt het me allemaal niet uit. Mijn leven lacht me weer toe!

'Ik heb een afspraakje met Camiel!' Bijna juichend vertel ik het diezelfde middag nog aan mijn vriendinnen.

'Hij is zo knap,' vindt Maud. 'Ik ben echt hartstikke jaloers.'

Ik kan niet aan haar zien of ze het meent.

'Ik wist dat het ging gebeuren. Ik zag aan hem dat hij je leuk vond,' zegt Lola opgewekt.

Ik kan het nog steeds niet geloven. 'O, maar er is een klein addertje onder het gras.' Dat was ik bijna vergeten te vertellen. 'Camiel is de oudere broer van Roger.'

Even kijken ze me met open mond aan. 'Wat? Dat meen je niet?' 'Is dit een grap?' zeggen ze door elkaar heen.

Een beetje gegeneerd staar ik naar mijn voeten.

'Nou, ik ben er ook pas net achter. Maar Roger heeft zijn toestemming gegeven aan Camiel. Dus dat betekent dat hij me echt niet meer ziet zitten.'

'Roger is verleden tijd,' zegt Lola daadkrachtig. 'Camiel lijkt me de perfecte jongen voor jou. Je moet niet meer aan Roger denken.'

Maud knikt instemmend. 'Maar als je Camiel nou toch niet ziet zitten, stel ik mezelf beschikbaar.'

Ze maakt me aan het lachen.

'Echt niet!'

Nu weet ik het zeker. Camiel is hartstikke leuk en hij is geïnteresseerd in mij!

Dankbaar sla ik mijn armen om Lola en Maud heen.

'Jullie hebben gelijk! Ik ga vanaf nu helemaal voor Camiel.'

HOOFDSTUK 5
Rapport met rode cijfers

De kans dat ik dit jaar over ga naar de volgende klas is al net zo klein als de kans dat Crocs ooit hip worden. Ik sta voor vijf vakken een onvoldoende. Dat zou op zich niet zo erg zijn als het vijven waren, want die kan je nog ophalen. Helaas bestaan deze onvoldoendes uit allemaal vieren.

De vrijdag voor de vakantie hoort eigenlijk leuk te zijn, maar ik zie er als een berg tegenop om de woonkamer binnen te gaan. Mijn rugtas voelt, ondanks het feit dat er maar één boek in zit, loodzwaar op mijn rug. Beneden zitten mijn ouders al enthousiast te wachten. Ik gooi mijn tas in een hoek van de kamer en plof naast mijn vader neer op de bank. Hij bekijkt net het rapport van Carijne, wat fantastisch is als je op zijn goedkeurende geknik af moet gaan.

Het is niet eerlijk: Carijne doet er helemaal niets voor, maar toch staat haar rapport vol met achten.

'Waar is jouw rapport, Noa?' Mijn ouders kijken me nieuwsgierig aan.

Ik trek een van de slechtste smoezen uit de kast. 'Volgens mij heb ik hem op school laten liggen!'

Mijn vader en moeder kijken me allebei onderzoekend aan. 'Dan zullen we moeten wachten tot na de vakantie,' verzucht mijn vader. Het tientje dat hij in zijn hand heeft, verdwijnt weer in zijn broekzak.

Hebberig kijk ik naar het geld. We krijgen voor ons rapport meestal een tientje als beloning.

'Kan ik het geld niet alvast krijgen?'

Mijn vader schudt zijn hoofd. 'Nee. Geen rapport? Dan ook geen geld.'

Mijn geldzuchtige ik wint het. Snel haal ik het rapport uit mijn tas.

'Nou, laat eens kijken,' zegt mijn vader tevreden. Carijne neemt nieuwsgierig naast hem plaats en mijn moeder schuift ook aan.

Carijne heeft mijn cijfers al in één oogopslag gezien en kijkt me medelijdend aan. Mijn vader besluit er nog een lang en pijnlijk schouwspel van te maken. Hij rekt zich uit, waarna hij langzaam zijn bril op zet. Het is doodstil in de kamer. Ik ben ondertussen op van de zenuwen. 'Zo zo,' kucht mijn vader. De bril is nu tot het puntje van zijn neus gezakt. Hoelang doen ouders over het lezen van een rapport? Het lijkt wel een eeuwigheid.

Mijn moeder richt haar blik als eerste weer op.

'Wat vind je zelf van je rapport?'

Ik haal mijn schouders op en geef geen antwoord. Wat moet ik zeggen? *Ja, ik vind het een ontzettend slecht rapport, mam.*

Carijne verbreekt de stilte door mee te delen dat ze naar een vriendin vertrekt. Misschien zou ik dat ook maar moeten doen. Wanneer ik dan eindelijk terug ben, zijn ze hopelijk vergeten dat mijn rapport zo'n vreselijke ramp is.

'Weet je, ik moet eigenlijk ook...' Ik wijs ongemakkelijk naar de deur.

Mijn moeder schudt streng haar hoofd. 'Ik denk dat wij nog even het een en ander moeten bespreken.'

Ik voel me ontzettend rot. Voor elke toets leer ik zo veel als ik kan, maar het is nooit genoeg. Carijne en haar vriendinnen hebben massa's tijd over, terwijl ik uren op mijn kamer huiswerk zit te doen.

En dan nog is mijn rapport heel slecht. Volgens mij denken mijn ouders dat ik geen klap uitvoer.

'Dit rapport is niet echt goed, Noa,' begint mijn moeder subtiel.

Ik krimp ineen.

'Ronduit slecht, welteverstaan.' Mijn vader is altijd aan de botte kant.

Ik kijk hem beledigd aan. 'Ik heb mijn best gedaan!'

Mijn vader ziet er niet erg overtuigd uit.

'Ze heeft echt haar best gedaan.' Gelukkig neemt mijn moeder het voor me op.

'Dat zal dan wel,' bromt mijn vader.

'Ik denk dat we eens met haar mentor moeten gaan praten,' vindt mijn moeder. 'Dat zal alles vast oplossen. Bovendien spreken we dan iemand die haar op school in de gaten houdt.'

Geen goed idee, bedenk ik me. Op mijn huiswerk doe ik wel mijn best, maar in de klas let ik nou niet bepaald goed op. Ik zit elke les te kletsen en te roddelen met mijn vriendinnen. Dat hoeven mijn ouders natuurlijk niet te weten.

'Nee! Laten we het gewoon onderling oplossen,' opper ik daarom.

'Dat lijkt me geen goed idee,' zegt mijn vader. 'Wacht, ik zoek het telefoonnummer van je school wel even op.'

En zo komt het dat ik in mijn vrije tijd alsnog op school zit, met aan allebei de kanten een ouder.

De eerste vraag die mijn vader aan de mentor stelt, laat meteen zien dat hij weinig vertrouwen in me heeft.

'Werkt Noa wel hard op school?'

De mentor vermijdt mijn blik, terwijl hij antwoord geeft. 'Dat kan ik niet zo goed zeggen. Het verschilt natuurlijk van les tot les. Ik ben van mening...'

'Laten we het daar niet over hebben,' onderbreek ik hem vluchtig. 'Is het misschien mogelijk dat ik een leerprobleem heb?'

'Ik heb de laatste tijd op Noa gelet.' Mijn mentor gaat onverstoorbaar door. 'En ik herken alle symptomen.'

'Symptomen? Dat klinkt best wel ernstig.' Ongerust kijk ik naar mijn moeder.

Deze schudt lachend haar hoofd. 'Rustig maar. Er is niets ernstigs aan de hand.'

Ik kijk hen nu alle drie verbaasd aan.

'Wat is er dan aan de hand?'

Mijn mentor bladert wat door zijn papieren en legt een paar testjes voor me neer.

'Ik denk dat je last hebt van faalangst.'

'Faalangst?' Ik weet niet of ik dat erg moet vinden. Eerlijk gezegd weet ik er niet zoveel vanaf.

'Is dat ernstig?'

'Nee, absoluut niet,' zegt mijn mentor met een lach. 'Het betekent dat je bij een presentatie of toets in paniek kan raken, omdat er dan te veel druk is. Klinkt misschien eng, maar het valt op te lossen.'

'Gelukkig,' zegt mijn moeder. 'Wat moeten we eraan doen?'

Mijn mentor schuift ons een aantal papieren toe.

'Er bestaan cursussen om leerlingen met faalangst te helpen. Toevallig bestaat er ook zo'n cursus op onze eigen school.'

'Dat gaat zeker wel van mijn lestijd af?' Hoopvol kijk ik hem aan.

'Nee, dat niet. Het is na school,' antwoordt mijn mentor.

'Goed,' zegt mijn moeder beslist. 'We doen het.'

'Nee, dat gaat allemaal ten koste van mijn vrije tijd,' roep ik uit.

'Wil je er iets aan doen, of niet? Je kunt niet het hele jaar drieën blijven halen voor Frans,' merkt mijn moeder nuchter op. 'Je kunt ook gewoon meteen zeggen dat je wilt blijven zitten.'

'Nee, ik wil niet blijven zitten,' zeg ik snel.

'Goed dan.' Ik ga overstag. 'Als het helpt, ga ik wel naar die stomme cursus.'

Diezelfde dag is het tijd voor iets leukers: namelijk mijn afspraakje.

Ik heb er zin in.

Helaas doet niet mijn date Camiel, maar zijn broer Roger de deur open.

'Hallo,' zeg ik een beetje zenuwachtig.

Roger knikt nonchalant naar me en roept zijn broer.

Zodra ik ze naast elkaar zie staan, raak ik een beetje in de war. Camiel is ouder, en gedraagt zich vast véél volwassener, maar Roger heeft een heel leuke uitstraling. Ik vind het echt een heel moeilijke situatie. Eigenlijk zou ik niet moeten afspreken met Camiel, alleen al omdat het de oudere broer van Roger is. Ik zou het zelf vreselijk vinden wanneer Roger Carijne uit zou vragen. Maar aan de andere kant: Roger heeft wel zijn toestemming aan Camiel gegeven.

Camiel helpt me uit mijn verwarrende gedachten.

'Zullen we gaan?'

Hij slaat een arm om me heen.

Ik knik vluchtig en probeer oogcontact met Roger te vermijden. Dit is echt een ondraaglijke situatie.

Even later lopen Camiel en ik op de boulevard, waar het kermis is. Vroeger was ik altijd dol op schiettenten. Er waren daar stoere jongens die voor hun vriendinnetje prijzen wonnen. Ik vond dat altijd superromantisch.

'Op een kermisafspraakje moet je eigenlijk een heel grote knuffel scoren voor het meisje met wie je uit bent,' zeg ik dromerig.

Camiel kijkt me verbaasd lachend aan.

'Ik had het graag voor je gedaan, maar ik kan helemaal niet richten. Dus de kans op een prijs is dan wel heel erg klein.'

'Sorry, dat wilde ik niet hardop zeggen,' zeg ik blozend.

'Je hoeft helemaal niet voor me te schieten. Wat ben ik

toch een stomme flapuit.' Ik kan wel door de grond zakken.

'Je bent helemaal geen stomme flapuit,' zegt Camiel
met een knipoog. 'Je bent gewoon niet zoals andere meisjes. En dat vind ik leuk.'

Hij slaat zijn arm losjes om mijn schouder. Blozend kijk
ik de andere kant op. Ik snap helemaal niets van jongens.
Waarom vinden ze het leuk als ik van die idiote dingen
zeg? Zelf zou ik allang zijn afgeknapt.

Een rondje botsauto's, twee keer in het reuzenrad en drie
blikjes frisdrank later ben ik behoorlijk misselijk. 'Ik ga
even naar de wc,' zeg ik tegen Camiel.

'Ik wacht hier wel.'

Snel ga ik het toiletgebouw in. Het is erg gezellig met
Camiel. Hij is lief, galant en natuurlijk ontzettend knap.
Toch kan ik mijn aandacht er niet goed bij houden. Telkens weer zie ik die nonchalante blik van Roger voor
me, toen ik bij hen voor de deur stond. Zou hij kwaad op
me zijn? Heb ik iets ontzettend stoms gedaan door met
Camiel af te spreken? Ik vind het vreselijk, maar ik twijfel
nog steeds.

Als ik weer naar buiten loop, is Camiel nergens te
bekennen. Nerveus kijk ik om me heen. Waar kan hij nu
gebleven zijn? Verderop zie ik de schiettent. Misschien is
Camiel daarheen gegaan? Nee, ook niet.

Hoe kan dit nou? Camiel zou me toch niet in de steek
laten op ons eerste afspraakje?

Plotseling zie ik hem verderop staan, vlak bij de botsauto's. Hij heeft een brede glimlach op zijn gezicht en staat

te praten met... Maud! Even moet ik slikken. Wat is dit nou weer?

Ik buk snel wanneer Camiel in de richting van de toiletten kijkt.

Ik sluip achter een eettentje langs, om dichterbij te komen. Zo kan ik horen wat ze zeggen.

'O, dat is gezellig,' zegt Maud. Ze lacht flirterig naar hem.

Jaloers kijk ik naar het tweetal. Waar is Maud mee bezig? Wie denkt ze wel dat ze is?

Als ik nog iets dichterbij wil komen, struikel ik over een paar lege dozen.

Camiel en Maud kijken allebei verbaasd op.

'Eh, hoi.' Ik zwaai gegeneerd.

'Noa, sorry! Ik kwam Maud tegen en we raakten in gesprek.' Camiel kijkt me verontschuldigend aan.

'Ja, tuurlijk. Het maakt niet uit,' lieg ik.

Tegelijkertijd probeer ik boze blikken naar Maud te zenden, maar die heeft niks door.

'Sorry dat ik jullie afspraakje verstoor,' zegt ze met een glimlach. 'Het was leuk je even gesproken te hebben, Camiel. Veel plezier nog.' Ze geeft me een knipoog en loopt dan weg.

Ik haal diep adem. Er spoken allerlei vragen door mijn hoofd. Wat is hier aan de hand? Probeert Maud Camiel in te pikken? En wat als Camiel Maud veel leuker vindt dan mij? Dit is niet goed. Dit is helemaal niet goed. Maud hoort zich te gedragen als een goede vriendin. En goede vriendinnen flirten niet met andermans afspraakje.

HOOFDSTUK 6

Van je vrienden moet je het hebben

Na de bizarre ontmoeting met Maud zijn Camiel en ik vrijwel meteen naar huis gegaan. De stemming was helemaal omgeslagen, vooral bij mij. Er is niets meer gebeurd, we hebben zelfs geen nieuwe afspraak meer gemaakt.

Een paar dagen later spreek ik Lola. Ze is aan het werk in een kledingwinkel en heeft haar dienst er bijna op zitten.

'Maud flirtte met Camiel? Sorry, maar dat gaat echt te ver,' vindt ook zij. 'Weet je wel zeker dat het flirten was?'

'Nou ja, echt zeker weet ik het natuurlijk niet. Ik ben geen expert.'

'Ander onderwerp,' fluistert Lola discreet. 'Ze komt eraan.'

Maud loopt enthousiast op ons af. Lola en ik zijn allebei stilgevallen.

'Is er soms iets?' Maud kijkt ons onderzoekend aan.

'Dat weet ik niet,' zegt Lola uitdagend. 'Vertel jij het maar.'

'Lola, je hoeft niet zo boos te doen. Misschien was het niets,' sis ik.

'Waar hebben jullie het over?' Maud slaat haar armen over elkaar.

'Laat me even denken... Je gezellige gesprekje met Camiel misschien?' zegt Lola bits.

Maud zet haar handen in haar zij. 'Gezellige gesprekje? Mag ik tegenwoordig ook al niet meer met een jongen práten?'

Maud en Lola staan nu als kemphanen tegenover elkaar.

'Rustig aan. Laten we niet overdrijven.' Ik probeer ertussen te komen.

'Wat heb jij Lola eigenlijk allemaal verteld? Je bent zeker vergeten te vertellen dat je ons aan het bespioneren was?' Maud draait zich nu om naar mij.

Ik word rood.

'Ik was niet... Ik was gewoon...'

'Je stond ons af te luisteren,' zegt Maud aanvallend. 'En van mij mag je, want er was niets interessants aan. Ik snap niet waarom jullie zo moeilijk doen.'

'Nou ja,' zeg ik beledigd. 'Je probeert Camiel te verleiden en van me te stelen. Ik vind dat ik dan moeilijk mag doen.'

Maud haalt haar schouders op. 'Ik probeer helemaal niemand te verleiden. Je mag hem hebben, hoor.'

Mijn woede zakt een beetje. 'Misschien was ik een beetje paranoïde,' geef ik toe.

Maud knikt. 'Sorry als ik je de verkeerde indruk gaf. Ik vind Camiel heel aardig, meer niet.'

'Nou, dan is dat ook weer opgelost,' zegt Lola daadkrachtig. 'Ik hou niet van ruzie. Zijn we weer gewoon vriendinnen?'

Maud en ik kijken elkaar aan. 'Ja, natuurlijk,' zeggen we tegelijk. En we schieten alle drie in de lach.

Onwennig zit ik de volgende dag in een lokaal vol mensen die ik eigenlijk helemaal niet ken. Natuurlijk heb ik ze wel eens op school zien lopen, maar het is erg vreemd om nu met ze in één ruimte te zitten. Geen van hen is een klasgenoot van me.

Voor de klas staat een jonge vrouw, met een stapel papieren in haar handen.

'Goedemiddag, iedereen,' begint ze opgewekt. 'Ik ben jullie cursusleidster. Jullie mogen me Andrea noemen.'

Dromerig staar ik naar de klok, die aangeeft dat het vier uur is. Op dit moment had ik lekker mijn favoriete tv-serie kunnen kijken. Andrea zal het vast allemaal goed bedoelen, maar haar verhaal gaat volledig langs me heen. Ik ben alleen geïnteresseerd in de wereld buiten het klaslokaal, waar iedereen in vrijheid leeft.

Andrea heeft haar praatje blijkbaar beëindigd, want ze begint blaadjes uit te delen.

'Eerst wil ik dat jullie deze testen invullen. Dit geeft ons een beeld van jullie en hoe we jullie zo goed mogelijk kunnen helpen.'

Ik pak de blaadjes aan en onderdruk de neiging om te zuchten. Testen, testen en nog meer testen. Had mijn mentor de diagnose niet allang gesteld? Naast het klagerige stemmetje in mijn hoofd, klinkt de gezaghebbende stem van mijn moeder: 'Wil je geholpen worden, of niet?

Je kunt ook helemaal niets doen, maar dan geef ik je de garantie dat je dit jaar blijft zitten. Niets gebeurt vanzelf, Noa.' Ze heeft gelijk, helaas. Met lichte tegenzin begin ik aan de vragen. En nu maar hopen dat de tijd snel voorbijgaat.

'Ik heb officieel een rotleven,' zeg ik beslist. Maud, Lola en ik staan in de pauze bij mijn kluisje. 'Ik moet twee dagen in de week naar faalangsttraining. Het duurt wel een uur.'

'En dat is een probleem, omdat?' Maud kijkt me vragend aan.

'Hoor je me wel?' vraag ik. 'Een úúr. Tweemaal per week.'

Maud lijkt het probleem nog steeds niet te zien. 'Je wilt toch betere cijfers halen?'

'Natuurlijk,' knik ik instemmend.

'Dan moet je er ook iets voor doen,' vindt Maud.

Goh, ze lijkt mijn moeder wel.

'En dat was je enige probleem?'

Nou ja, er is nog wel een probleem, bedenk ik me. Maar het lijkt me niet zo slim om dat probleem met hen te delen. Het is namelijk zo dat Roger nog steeds door mijn hoofd maalt. Daar komt bij dat ik nog niets voor Camiel voel. Het lijkt wel alsof ik in een verhaal zit dat totaal verkeerd is geschreven.

'Kan ik niet gewoon verliefd op Camiel worden? Dat is zo veel makkelijker.'

Mijn vriendinnen kijken me verbaasd aan en ik sla mijn hand voor mijn mond. Zei ik dat net hardop?

'Ben je niet verliefd op Camiel?' Lola trekt haar wenkbrauwen op.

52

'Natuurlijk wel,' lieg ik. 'Ik heb hem gewoon al even niet meer gezien. Hij belt me niet eens op.'

Dat is waar. Na ons afspraakje op de kermis heb ik hem niet meer gesproken.

'Je kunt Camiel ook zelf bellen,' reageert Lola streng.

Ik doe mijn mond open om een antwoord te verzinnen, maar klap hem dan weer dicht. Ze heeft wel een klein beetje gelijk. Een klein beetje heel erg gelijk.

'Maud heeft veel meer reden om te klagen,' mompelt Lola.

Maud geeft Lola een onopvallend bedoelde trap tegen haar been.

'Mis ik soms iets?' Ik kijk hen argwanend aan. 'Waarom heeft Maud meer reden om te klagen?'

De twee wisselen een blik. Maud ziet er niet erg blij uit.

'Er is niks,' zegt Lola. 'Ik maakte maar een grapje.'

Onderzoekend kijk ik hen aan. Verbergen ze iets? Sinds wanneer hebben mijn beste vriendinnen geheimen voor mij? Ik voel me ontzettend buitengesloten.

Zodra ik thuiskom, heeft mijn moeder gelukkig goed nieuws.

'Er heeft iemand voor je gebeld,' zegt ze.

Nieuwsgierig veer ik op. 'O ja? Wie dan?'

Mijn moeder neemt mijn reactie nonchalant op. 'Ik geloof dat het een jongen was.'

'Wie was het? Roger?' Ik moet eigenlijk niet zo happig klinken, maar ik kan er niets aan doen.

'Nee, geen Roger geloof ik. Zegt de naam Camiel je iets?'

O. De opwinding verdwijnt even snel als het gekomen is. 'Ja, Camiel. Waarvoor belde hij?'

Mijn moeder haalt haar schouders op. 'Ik heb geen idee. Je moet hem maar terugbellen. Wie is het eigenlijk? Een vriend van je?'

Ik rol met mijn ogen. Mijn nieuwsgierige moeder is duidelijk nog niet op de hoogte van belangrijke zaken. Dat wil ik graag zo houden.

'Bedankt, mam, ik ga hem nu terugbellen!'

Met de telefoon in mijn handen snel ik de trap op, voordat ze nog meer vervelende vragen gaat stellen. Zenuwachtig toets ik het nummer in. Stel je voor dat Roger opneemt.

'Met Camiel,' klinkt het bijna gelijk.

'Mijn moeder vertelde me dat je gebeld had,' zeg ik hem.

Echt raar: eindelijk belt Camiel me en nu ben ik er niet eens blij mee. Gisteren was ik nog uitgebreid aan het klagen tegen mijn vriendinnen. Ze zouden me nu eens moeten zien.

'Ik belde om te vragen of je overmorgen tijd hebt,' legt Camiel uit. 'Heb je zin om samen wat te gaan doen?'

Ik laat mijn hersenen overuren maken. Nog steeds moet ik denken aan dat rare voorval op de kermis. Is er echt niets tussen die twee gaande?

'Ga je niet liever uit met Maud?' Ik kan mezelf wel voor mijn kop slaan, als ik mijn onzekere stem hoor.

'Waarom Maud? Ik bel jou nu toch?' Camiel klinkt verbaasd.

'Sorry, ik maakte maar een grapje,' zeg ik snel. 'Het lijkt me leuk om samen wat te doen. Noem maar een tijd en plaats.'

Nadat we wat afgesproken hebben, hang ik op. Camiel lijkt echt van niks te weten en Maud vindt Camiel alleen maar aardig, zegt ze. En wat is er zo erg aan een onschuldig gesprekje op de kermis? Misschien ben ik inderdaad een beetje paranoïde.

Iets later schuif ik aan bij mijn vriendinnen in het café.

'Ik heb nieuws,' vertel ik hen.

Maud en Lola zijn één en al oor.

'Camiel heeft gebeld,' gooi ik eruit.

'Leuk voor je. En jullie hebben zeker iets afgesproken?'

Zelfs Lola reageert niet erg enthousiast. Ik vraag me af wat ik verkeerd heb gedaan.

Maud staart ongemakkelijk naar de grond, terwijl ik haar blik probeer te vangen.

Lola lijkt ondertussen met heel andere dingen bezig. Ze is helemaal onder de indruk van de barman. 'Hij ruikt naar de nieuwste parfum van Armani.' Ze neemt zo onopvallend mogelijk zijn geur op terwijl hij druk heen en weer loopt.

'Hij is niet eens zo knap,' merk ik op. 'Er staan zat knappe jongens voor je in de rij.'

Lola haalt haar schouders op. 'Misschien val ik wel helemaal niet op knap.' Haar ogen lichten op wanneer de jongen bij ons tafeltje komt. 'Hal-ló daar,' zegt Lola flirtend. De jongen heeft donkerblond haar, blauwe ogen en een glimlach alsof hij rechtstreeks uit een tandpastareclame is komen lopen. Toch heeft zijn gezicht iets asymmetrisch, waardoor hij niet uitzonderlijk knap is. Lola schijnt daar echter anders over te denken.

'Waarom vraag je hem niet mee uit?' vraag ik als de jongen onze bestelling opgenomen heeft. Lola is nou niet bepaald verlegen, dus ik snap niet helemaal waarom ze zo moeilijk doet.

'Echt niet! Straks zegt hij "nee"!' Lola knippert geschrokken met haar ogen.

Maud en ik kijken elkaar vragend aan. Maud lijkt het ongemak van net alweer vergeten te zijn. Gelukkig.

'Wat is er met onze knappe, onverschrokken vriendin aan de hand? Is Lola soms een héél klein beetje verliefd?' vraagt Maud plagerig.

Lola kijkt geschrokken op. 'Wat? Ik, verliefd?' Haar wangen worden rood. 'Dus niet! Ik word nooit van mijn leven verliefd,' verklaart ze. Ze begint iets zachter te praten wanneer de jongen weer langs komt lopen. Het had niet duidelijker kunnen zijn.

Wanneer de jongen onze bestelling komt brengen, heeft Maud besloten om Lola een stapje voor te zijn. 'Zeg, hoe oud ben jij eigenlijk?' informeert ze.

De jongen kijkt ons verbaasd aan. 'Ik ben net zeventien geworden,' antwoordt hij. Hij is duidelijk gevleid. De enige manier om Lola aan de praat te krijgen, is door zelf deze jongen te versieren.

'Vertel eens, George,' zeg ik, na een blik op zijn naamkaartje geworpen te hebben. 'Ben jij nog vrijgezel?'

Lola werpt me een boze blik toe, waar ik me natuurlijk niets van aantrek. Maud houdt het bijna niet meer en duikt weg achter de menukaart.

Hij strijkt lachend over zijn blonde haren. 'Heb je soms interesse?'

Ik schud snel mijn hoofd. 'Nee hoor, maar mijn vrien-din hier wel. Wat dacht je van aanstaande vrijdag?'

Voor Lola het weet, heeft ze een afspraakje met barman George.

HOOFDSTUK 7
Love is in the air

Ik ben nog niet verliefd op Camiel, maar daar maak ik me geen zorgen over. Ik hou mezelf voor dat het gevoel nog wel komt. Als ik al spetterende vlinders van zijn broertje kan krijgen, waarom zou ik dan niet stapelverliefd op Camiel kunnen worden? Hij is ontzettend knap, lief en kan lachen om mijn flapuit-opmerkingen: wat wil ik nog meer?

Die avond zitten we samen in een café.

'Het spijt me dat ons vorige afspraakje zo is gelopen,' zegt Camiel. 'Ik had je niet achter moeten laten bij de toiletten.'

'Maakt niet uit,' zeg ik grootmoedig. 'Het spijt mij dat ik...'

'Struikelde over een paar dozen?' Camiel geeft me een knipoog en moet lachen.

'Dat bedoelde ik niet,' zeg ik blozend. 'En het is ook niet grappig.'

Als Camiel zijn gezicht in de plooi trekt, moet ik zelf lachen. 'Maar het was wel dom.'

'Hm, daar ga ik niet op in,' antwoordt Camiel wijselijk.

Terwijl we samen grapjes maken, kijk ik onrustig om me heen. Op de een of andere manier ben ik bang dat er iemand binnenkomt om ons afspraakje te verstoren. Maud of Roger bijvoorbeeld. Maar telkens als de deur van het café open gaat, stapt er een onbekende binnen.

Om me te ontspannen, neem ik een slok van mijn drankje.

'Vertel eens,' zeg ik nieuwsgierig. 'Wat dacht je toen je mij voor het eerst zag, die eerste dag met Maud en Lola?'

'Eerlijk?' Camiel kijkt me schuin aan. 'Ik dacht: Zij is anders. Anders dan al mijn ex-vriendinnen. Je was een soort uitdaging voor me, om te kijken of het tussen ons wel werkt.'

'En, werkt het?' Ik sla mijn hand voor mijn mond. 'Dat wilde ik helemaal niet zeggen!'

Camiel grinnikt. 'Maakt niet uit. En of het werkt? Wie weet...'

Hij tikt plagerig met zijn glas tegen het mijne en neemt een slok.

'En wat dacht jij toen je mij zag?'

Ik slik en bedenk hoe ik dit het beste kan formuleren.

'Eigenlijk heb ik niet genoeg aandacht aan je besteed,' antwoord ik eerlijk. 'Mijn vriendinnen vonden je leuk, dus ik gunde hun jouw aandacht.'

'Dat is in ieder geval aardig van je,' vindt Camiel. 'Jullie zijn zeker erg goede vriendinnen?'

'O, heel erg goed,' zeg ik met een glimlach. Dan betrekt mijn gezicht. 'Alhoewel het de laatste tijd iets minder gaat. Maud en Lola doen nogal vreemd. Soms denk ik dat ik iets verkeerds heb gedaan.'

'Jij?' Camiel lacht. 'Ik denk niet dat jij iets verkeerds zou doen. Je moet het maar gewoon vergeten,' adviseert hij. 'Waarschijnlijk gaat het vanzelf wel over. Dat is meestal zo bij meidenproblemen.'

Ik knik. Camiel heeft gelijk. De rest van de avond kletsen we wat over koetjes en kalfjes en ik bedenk me hoe aardig Camiel voor me is. Hij is het ideale vriendje.

Na het afspraakje brengt Camiel me thuis.

Wanneer zou die langverwachte kus eigenlijk komen?

Dit is het perfecte moment. Ik stap van de fiets af en controleer snel of mijn ouders nog op zijn – dat is niet het geval. Camiel draait zich verlegen naar me om. Het lijkt erop dat ook hij meer wil, want hij loopt langzaam naar me toe. Ik krijg vlinders in mijn buik. Het gaat eindelijk gebeuren!

'Gaan jullie nog een keer zoenen, of hoe zit dat?' klinkt er opeens een stem van boven.

Ik spring geschrokken achteruit en ook Camiel kijkt verbaasd omhoog. Uit het raam hangt mijn zusje, die geniet van dit hele spektakel.

'Wat doe jij in mijn kamer?' Ik kijk boos naar Carijne.

'Dit was de kamer waaruit ik het beste uitzicht had,' antwoordt ze. Ze heeft net een zoen met mijn bijna-vriendje verpest en hangt ook nog eens doodleuk uit het raam van mijn kamer.

'Ga daar onmiddellijk weg,' roep ik naar haar.

Carijne schudt koppig haar hoofd.

Ik stamp nijdig op de grond.

'Is het zo leuk om mijn leven te verpesten?' Het kan me

niet schelen dat Camiel erbij is, zo kwaad ben ik.

Met een ruk draai ik me om naar Camiel. 'Sorry, dit gaat dus niet werken.'

Camiel knipoogt naar me. 'Maakt het je echt wat uit dat je zusje ons ziet?'

Even overweeg ik om hem alsnog te zoenen, maar ik wil zo graag dat mijn eerste zoen met Camiel speciaal is. Dus weiger ik.

'Sorry,' mompel ik. 'Je kunt beter gaan.'

Het maakt Camiel niet uit.

'Ik bel je zo snel mogelijk, oké?' Hij zegt het extra hard, zodat Carijne kan meegenieten.

'Wat zijn jullie ontzettend flauw!' roept die.

Camiel pakt zijn fiets en stapt al half op, wanneer hij zich plotseling naar me toe buigt. Hij geeft me een zachte kus op de mond. Al veel te snel houdt hij ermee op.

'Het echte werk komt later wel.'

In een oogwenk is hij verdwenen in het donker.

'Je zusje hing uit jouw raam?'

Wanneer mijn vriendinnen het uitspreken, klinkt het als een scène uit een slechte soap. We staan in een erg drukke club, dus het is niet gemakkelijk om te praten. Omdat ik mijn verhaal even kwijt moet, verplaatsen we naar de lounge, waar het wat rustiger is.

'Ik zou hem gewoon gezoend hebben,' meent Lola.

Ik rol met mijn ogen.

'Nou, ik dus niet.' Maud trekt haar neus op. 'Zo'n moment moet toch speciaal zijn?'

Dankbaar kijk ik haar aan.

'Ook goed,' zegt Lola onverschillig. 'Laten we het daar niet meer over hebben. Willen jullie niets over mijn date horen?'

'Natuurlijk, vertel ons alles over je afspraakje met George! Hoe was het?' roep ik uit.

Maud en ik hangen aan haar lippen. 'Jullie hebben toch wel gezoend?' vraagt Maud.

Wanneer we Lola aankijken, blijft het stil.

'Je hebt een date gehad, en je hebt niet eens gezoend?' vraagt Maud verbijsterd.

Ik kan het ook nauwelijks geloven. Deze Lola is een vreemde voor ons.

'We hebben gewoon gepraat. En het was heel gezellig,' voegt ze eraan toe.

'Zo gezellig dat het nog eens herhaald kan worden?' vraag ik haar.

'Dat weet ik niet,' antwoordt Lola. 'Hij zou me bellen, beloofde hij.'

'Hij zou jóú bellen? Jij belt de jongens toch altijd op? Anders voel je je te afhankelijk!' roep ik. Het wordt allemaal steeds gekker.

Lola zucht. 'Ja, ik weet het. Maar met George is het anders.'

Maud fluit. 'Vind je hem leuk?'

Er verschijnen blosjes op Lola's wangen.

'Ik weet het niet precies.' Ze schudt verward haar hoofd. 'Dit is ook allemaal een beetje nieuw voor mij.' Hiermee bedoelt ze dat het onderwerp afgesloten is voor vandaag. Met een drankje in haar handen deint ze mee op de maat van de muziek.

Plotseling zie ik iemand die me bekend voorkomt. Hij lijkt verdacht veel op George. En hij heeft de hand vast van een waanzinnig knap meisje.

'Is dat wie ik denk dat het is?' Ik wijs Maud op George en het meisje.

Maud kijkt met open mond naar het stel.

'Wat is er?' vraagt Lola.

Ik glimlach geruststellend naar haar. Ze mag de twee niet zien. Dat zou wreed zijn.

'Er is niets. Helemaal niets,' lieg ik.

'Zeg, is dat George?' Lola wijst en wij volgen haar blik.

'Nee!' roep ik. 'Absoluut niet!'

Lola laat zich niet misleiden. 'Jawel, dat is George.' Haar gezicht betrekt. 'En hij is met een meisje...'

'Ja, maar dat stelt vast niets voor,' zeggen Maud en ik als uit één mond.

'Kom, we gaan gedag zeggen,' oppert Maud. 'Hij vindt jou vast veel leuker dan dat meisje.'

'Echt niet!' Lola deinst geschrokken achteruit, waardoor ze bijna over een stoel heenvalt.

Er klinkt verontwaardigd gemompel. Net op dat moment merkt George ons op en hij zwaait.

Maud en ik zwaaien langzaam terug, maar Lola kijkt hem alleen maar boos aan.

'Kom, we gaan,' zegt ze met verstikte stem.

We laten ons meetrekken door Lola. De tranen lopen over haar wangen. Dit is de eerste keer dat we haar zien huilen om een jongen.

'Ik wil gewoon naar huis,' snikt ze.

Maud slaat een arm om Lola heen en pakt met haar

vrije hand een mobieltje uit haar zak. Ze sms't haar vader dat ze eraan komen. Lola en Maud zijn met de fiets, zodat ze kunnen gaan wanneer ze willen.

Ik word helaas opgehaald door mijn overbezorgde vader.

'Vind je het erg als wij vast gaan?' Maud kijkt me vragend aan.

Ondertussen heb ik mijn vader ge-sms't dat hij mag komen.

Ik kijk naar Lola's betraande gezicht.

'Ga maar. Mijn vader komt er zo aan.' Zodra ik het gezegd heb, heb ik er eigenlijk alweer spijt van.

Lola en Maud zijn al lang vertrokken als ik nog bij de ingang van de club sta te wachten. Het is nog maar één uur en iedereen gaat pas naar huis rond half drie. Het is best eng hier buiten. Bovendien ben ik helemaal alleen. Daarom doe ik alsof ik constant aan het bellen ben.

Na een halfuur komt het bellen helaas niet erg geloofwaardig meer over. Ik stop het mobieltje in mijn jaszak en wrijf mijn handen tegen elkaar.

Alsof hij me in de gaten heeft gehouden, komt juist nu een jongen op me af lopen. In de koude, donkere nacht ziet hij er niet echt betrouwbaar uit. Ik ben me sterk bewust van zijn stinkende adem en vreemd staande ogen.

'Zo, schatje, hoe gaat het ermee?' Hij grijnst naar me.

Ik huiver en doe een stap opzij.

Helaas doet die engerd ook een stap opzij. Hij slaat een arm om me heen. In paniek kijk ik of er nog iemand in de buurt is, maar er is niemand te bekennen.

'Kun je je handen thuishouden?' Ik probeer me los te wringen.

'Gaan we brutaal doen, moppie?'

De tranen springen in mijn ogen. 'Blijf van me af,' roep ik verstikt.

Er is helemaal niemand die me hoort.

'Laten we een ander plekje zoeken,' fluistert hij in mijn oor.

'Ik ga niet mee,' antwoord ik rillend. 'Mijn vader...'

'Komt je pappie je halen? Laten we dan gauw gaan.' De jongen grijpt me bij mijn arm en trekt me mee.

'Laat me met rust,' schreeuw ik angstig.

We raken steeds verder bij de club vandaan, wat betekent dat het donkerder en minder druk wordt. Wanhopig probeer ik een manier te bedenken om hier weg te komen. De jongen draait zich plotseling om en drukt zijn lippen op mijn mond, waardoor ik kokhalsneigingen krijg.

'Blijf van me af, viespeuk!'

Ik probeer hem te slaan en te schoppen waar ik kan, maar ik raak hem niet eens. Hij is veel sterker. Hij grijpt mijn handen vast en duwt ze op mijn rug. Wat moet ik nu doen? Ik zou willen dat ik een cursus judo of zelfverdediging had gevolgd, zodat ik wist hoe ik me moest beschermen. Nu kan de jongen mijn jas met gemak uittrekken. Angstige beelden schieten door mijn hoofd, terwijl zijn brede jongenshanden over mijn lichaam gaan.

Ik word er helemaal misselijk van. Dit gaat niet goed.

'Blijf van haar af!' Er klinkt een harde jongensstem.

De enge jongen kijkt verschrikt op en zijn greep verslapt. Dat moment gebruik ik om hem achteruit te duwen.

Zo snel als mijn benen me willen dragen, trek ik een sprint in de richting van de club. In de richting van de stem.

HOOFDSTUK 8

Een nachtmerrie met goede afloop

In de straat naast de club staat een jongen met een fiets in zijn handen. Pas als ik nog dichterbij kom, zie ik tot mijn grote schrik dat het Roger is. Dat is wel heel erg toevallig.

'Is er iets gebeurd?' Roger kijkt me bezorgd aan.

Nog een beetje angstig kijk ik achterom, maar de jongen is verdwenen. Zonder iets te zeggen schud ik mijn hoofd. Er was nog niets gebeurd. Plotseling besef ik dat ik sta te rillen. En dat ik geen jas aan heb. Roger trekt zijn jas al uit voor ik er erg in heb.

'Zo word je ziek,' protesteer ik, maar ik neem de jas wel aan.

Hij haalt zijn schouders op en gebaart dat ik achterop moet gaan zitten.

'Mijn jas ligt verderop,' piep ik.

'Geen probleem, we halen hem samen wel op.'

Onwennig kruip ik op de krakkemikkige bagagedrager. Na een paar meter begeeft het rekje het bijna. Roger stopt en bestudeert het. Na een kleine ruk eraan bezwijkt het ding. Roger gooit het ijzer gefrustreerd in de berm.

'En nu?' Ik bibber.

Roger wrijft over zijn armen en huivert van de kou. Hij sluit zijn ogen even en wijst dan naar de stang.

'Je wilt dat ik op de stang ga zitten?'

Ongemakkelijk schuif ik op het koude ijzer, tussen de armen van Roger in.

Terwijl ik de smaak van de engerd nog op mijn lippen proef, probeer ik mijn tranen tegen te houden. Klappertandend bijt ik op mijn lip. Ik voel de adem van Roger op mijn gezicht. Nog even en ik houd het niet meer.

'Waarom huil je niet gewoon?' Rogers stem klinkt vlakbij.

Ik knijp zo hard ik kan in het stuur; ik probeer mijn tranen nog steeds in te houden. Als ik naar mijn handen naast die van hem op het stuur kijk, zie ik dat Rogers knokkels ook helemaal wit zijn. En dan hou ik het niet meer. De tranen vallen op Rogers warme jas, op zijn arm en op zijn fiets. Ze zijn overal. Het voelt fijn om alles eruit te huilen, ook al is het bij Roger.

Thuis brandt verrassend genoeg nog licht. Roger loopt met me mee om te kijken of er iemand is die me kan opvangen. Zodra ik mijn vader in het oog krijg, komt alles wat er een uur geleden gebeurd is terug. Hij zit gewoon aan de keukentafel, terwijl hij mij had moeten ophalen.

'Waarom was je er niet?' Ik schreeuw zo hard dat mijn stem door het huis galmt.

Mijn vader neemt verstrooid een hap uit een bak vanille-ijs. 'Waarom was ik waar niet?'

'Je zou me ophalen bij de club vanavond, weet je nog? Ik heb je anderhalf uur geleden gebeld!'

Roger staat er een beetje ongemakkelijk bij.

'Heb je me gebeld?' Mijn vader lijkt nergens van te weten. 'Zeg, Noa, luister eens –'

'Nee, ik luister niet! Je laat je dochter een uur voor een club wachten, midden in de nacht. Ik had wel dood kunnen zijn, of er had iets anders kunnen gebeuren. Ik had wel...'

Ik stop midden in mijn tirade en zak huilend op de bank. Het liefst lag ik nu in een lekker warm bed. Dan was deze hele avond nooit gebeurd. Mijn vader snapt er nog steeds niets van en kijkt me verbijsterd aan.

'Wat is er in hemelsnaam gebeurd?'

Roger komt voorzichtig naast me zitten op de bank en strijkt over mijn haren.

'Noa is lastiggevallen door een jongen.'

Nadat Roger dit gezegd heeft, proef ik weer die vieze biersmaak op mijn lippen. Mijn maag maakt een salto. Met mijn hand voor mijn mond ren ik naar de wc.

'Ik kwam toevallig langs,' hoor ik Roger vertellen. 'Gelukkig was ik net op tijd.'

Ze kijken allebei op wanneer ik binnenkom.

'O, meisje,' mompelt mijn vader. Hij staat op om een glas water voor me te pakken.

'Waarom was je er niet, papa?' Ik weet dat ik klink als een klein kind, maar ik meen het wel.

'Het spijt me ontzettend. Ik ben het vergeten,' verklaart mijn vader.

Hij strijkt over zijn bijna kale hoofd. 'Ik heb het vandaag helemaal verpest,' mompelt hij. 'Mijn dochter is lastiggevallen en dat is mijn schuld.'

'Er is gelukkig niets gebeurd, pap,' zeg ik zwakjes.

Op dat moment komen mijn moeder en zusje met een slaperige blik in hun ogen naar beneden.

'Wat is er allemaal aan de hand?' Carijne wrijft in haar ogen. Als ze ziet dat Roger in de woonkamer zit, strijkt ze snel haar pyjama glad.

'Kind, je ziet helemaal wit.' Mijn moeder kijkt me bezorgd aan. 'Is alles goed met je?'

Ik knik, terwijl mijn vader zijn hoofd schud.

'Ik ben haar vergeten op te halen,' zegt hij schuldig.

'Nee toch! Is er iets gebeurd?' Mijn moeder kijkt geschrokken naar mij.

'Bijna niks,' antwoord ik. 'Er was wel een enge jongen, maar gelukkig kwam Roger net op tijd langs.'

'Een enge jongen?' vraagt Carijne met open mond. 'Ben je...?'

'Hij viel haar lastig,' zegt Roger snel. 'Maar ik was er nog op tijd bij om iets ergers te voorkomen.'

Iedereen is stil en kijkt mij aan. Ik ontwijk hun blikken en probeer nergens aan te denken.

'Er is niet veel gebeurd.' Terwijl ik het zeg, gaat er een rilling door me heen.

'Weet je het zeker?' Mijn moeder wil me omarmen, maar ik ontwijk haar.

'Ja, mam. Ik weet het zeker. Nu wil ik het liefste gaan slapen.'

Slapen en vergeten, dat zou het mooiste zijn. Als ik dan morgen wakker word zal alles een nachtmerrie lijken.

Na een paar dagen thuiszitten, hebben Maud en Lola me overgehaald om wat te gaan drinken. Ze wilden me spreken.

'Vertel…' Ik richt me tot mijn vriendinnen. 'Wat doen we hier?'

'Wat denk je zelf? We willen weten hoe het met jou gaat.' Mijn vriendinnen kijken me bezorgd aan.

'We hadden je nooit alleen achter moeten laten bij die club,' zegt Maud.

Ik schud mijn hoofd. 'Jullie kunnen er niets aan doen. Het was eigenlijk de schuld van mijn vader.'

'Wij zijn weggegaan, dus het is ook onze schuld,' vindt Maud. 'De volgende keer wachten we gewoon tot je vader er is.'

'Als ik die kerel ooit in mijn handen krijg, sla ik hem tot moes.' Lola zegt het zo strijdvaardig dat ik wel móét lachen.

Ik ben blij dat mijn vriendinnen zo lief voor me zijn. Het lijkt wel alsof al die geheimzinnigheid tussen Maud, Lola en mij opgelost is.

Op dat moment gaat de deur van het café open. Vluchtig kijk ik achterom. Die jas herken ik ergens van.

'Dat is hem,' sis ik gealarmeerd.

'Weet je het wel zeker?' Vertwijfeld kijken Maud en Lola naar de jongen die is binnengekomen.

'Ja, hij heeft ook zo'n jas.' Ik denk terug aan die nacht en word misselijk. 'Wat moet ik doen? Gaan jullie voor me zitten? Help!'

Maud en Lola gaan beschermend voor me zitten, zodat de jongen mij niet kan zien.

Als hij dichterbij komt, gluur ik vanachter Lola's rug naar hem. Hij komt me helemaal niet bekend voor. Het is hem niet. Opgelucht kom ik tevoorschijn.

'Laat maar, ik verbeeldde het me. Het is hem niet.'

Maud en Lola wisselen een blik en kijken me daarna bezorgd aan.

'Weet je zeker dat het wel goed met je gaat?'

Ik knik verwonderd. 'Ja, natuurlijk. Het was gewoon een foutje. Dat kan iedereen overkomen.'

Even zijn mijn vriendinnen stil, maar dan lijken ze me te geloven.

Lola's aandacht verplaatst zich naar iets anders. Ze staart naar een punt achter mijn rug en plots verstart haar blik.

'Wat is er?' Nieuwsgierig draai ik me om.

'Er is niks. Kijk alsjeblieft niet die kant op.' Lola probeert me terug te trekken, maar het is al te laat.

Ik kijk recht in de ogen van George. 'O,' is het enige wat ik weet uit te brengen, en ik draai me weer om. 'Waarom begin je geen gesprek met hem?'

'Met hém? Ik dacht het niet! Hij is zowaar vreemdgegaan,' werpt Lola fel tegen.

Maud brengt haar tot bedaren. 'Rustig nou maar, je weet toch niet of –'

'Ach, ik ben heus niet achterlijk, hoor,' bijt Lola haar toe.

Ik heb haar nog nooit zo boos gezien.

'Als je hem toch niet wil aanspreken, waarom zitten we hier dan? Hebben we heel toevallig in dit café afgesproken?' vraagt Maud sarcastisch.

Lola wil George overduidelijk zien.

'Het is gewoon toevallig,' zegt Lola luchtig. 'Ik was alweer vergeten dat hij hier werkte.'

'Dat is de slechtste smoes die ik ooit gehoord heb,' merkt Maud nuchter op.

'Oké, misschien wel,' geeft Lola toe. 'Maar ik kan hem gewoon niet uit mijn hoofd zetten.'

Ik krijg wel een beetje medelijden met haar. Ze is overduidelijk tot over haar oren verliefd.

'Ik heb een idee,' roep ik uit. 'Laten we hem terugpakken.'

Lola vrolijkt hier niet echt van op. 'Hoe wil je dat dan doen?'

Daar had ik nog niet over nagedacht.

'We doen net of jij ook al een vriendje hebt,' zegt Maud dan. 'Een héél knappe!'

Lola glimlacht ineens van oor tot oor. 'Ja, dat is misschien wel een goed idee!'

Ik klop haar op de schouder. 'We zullen hem eens lekker jaloers maken!'

'Er is alleen een probleempje,' zegt Maud aarzelend. 'Wie wil er Lola's vriendje spelen?'

HOOFDSTUK 9
Lola en haar nepvriendje

Mijn vriendinnen zijn echt totaal gestoord. En ik eigenlijk ook, want ik heb min of meer met het plan ingestemd. Ik ben zelfs met het idee gekomen. Diezelfde dag nog heeft Maud Roger opgebeld om te vragen of hij wilde meewerken aan het plan. Ze heeft zelfs nog aan mij gevraagd of ik het erg vond, maar ik wist er niets tegenin te brengen. Roger heeft ingestemd met ons plan, al zal hij het wel een gek idee vinden. Waar zijn we in hemelsnaam aan begonnen!

'Dit gaat nooit werken,' verzeker ik mijn vriendinnen. 'Jullie passen totaal niet bij elkaar! Het idee alleen al is bespottelijk.' Haastig loop ik achter ze aan, maar ze zijn vastbesloten.

'Hij heeft het echt wel door, Lola. Alsjeblieft, neem iemand anders!'

Maud stopt en draait zich om. 'Noa, je hebt ons verteld dat je over hem heen bent. Bovendien heb je Camiel toch?'

'Ik vind hem ook niet leuk!' Ik lach schamper, om haar duidelijk te maken hoe belachelijk dat wel niet zou zijn. Nu ik een soort verkering met Camiel heb, kan ik onmogelijk verliefd zijn op zijn broertje. Eerst is Roger mijn date, nu speelt hij het nepvriendje van Lola. Het moet niet gekker worden.

In het café is het redelijk druk. George is nergens te bekennen.

'O jeetje,' zucht Lola, terwijl ze neerploft in een bank met zachte bekleding. 'Hij moet wel werken, anders zitten we hier voor niets.'

Ik ga zenuwachtig op de bank tegenover haar zitten. Maud schuift naast me. Roger gaat aarzelend naast Lola zitten, tegenover mij. Iedereen zit een beetje onwennig om zich heen te kijken, totdat Roger zich tot mij richt.

'Hoe gaat het nu met je?'

Ik voel blosjes op mijn wangen verschijnen. 'Met mij gaat het prima,' zeg ik stoer. Ik hoop dat mijn vriendinnen nu niet over dat gênante moment van net beginnen. Gelukkig doen ze dat niet.

Op dat moment duikt Lola half onder de tafel. 'Daar is hij,' sist ze.

George komt naar onze tafel lopen om de bestelling op te nemen. Hij groet ons vriendelijk en vraagt aan Lola hoe het gaat.

'G-goed hoor,' stamelt Lola.

Ik geef Roger een tik met mijn voet onder tafel en gebaar dat hij zijn arm om Lola heen moet slaan. Het moet natuurlijk wel een beetje geloofwaardig overkomen. Roger kijkt mij even aan en ik zie een lichte aarzeling in zijn ogen. Toch doet hij precies wat ik zeg.

Terwijl hij zijn arm om Lola heen slaat, blijft zijn been

precies op dezelfde plek: tegen mijn voet. Op een ander moment zou ik dat heel fijn vinden, maar nu moet ik denken aan de enge jongen. Hij zat ook aan me. Ik zie het gezicht van de jongen voor me en word een beetje duizelig. Zijn handen bewogen over mijn lichaam en...

'Gaat het wel?' De stem van Roger zorgt ervoor dat ik weer normaal na kan denken.

Er is helemaal geen enge jongen in de buurt. Het is Roger maar.

Ik verman me en glimlach.

'Het gaat prima. Laten we iets bestellen.'

Roger wordt weer aan het plan herinnerd en gaat dichter naast Lola zitten.

Het gezicht van George betrekt een beetje.

Maud doet er een schepje bovenop. 'Gaan jullie vanavond mee uit? Of willen jullie liever van elkaar genieten?' Ze geeft Lola en Roger een knipoog.

Lola zit alleen maar dromerig naar George te staren, dus neemt Roger het vlug over.

'Ik denk dat we wel wat tijd kunnen vrijmaken. Vind je dat goed, Lola?'

'Hmm, ja,' zegt Lola afwezig.

George staat er stokstijf bij. Hij wacht nog steeds op een bestelling.

Ik besluit hem uit zijn lijden te verlossen. 'Geef mij maar een glas cola.'

We noemen allemaal ons favoriete drankje op en George noteert het vluchtig. Hij weet niet hoe snel hij weg moet komen.

'Het is wel goed geweest nu,' vind ik. 'We kunnen er

beter mee stoppen.' Aan de manier waarop George net keek, kon ik duidelijk merken dat hij het niet leuk vond.

'Waarom zouden we ophouden? Het gaat net zo goed!' Lola is het blijkbaar niet met me eens. 'Je hoeft geen medelijden met hem te hebben. Hij heeft zich ook niet bepaald netjes gedragen.'

Ik haal mijn schouders op en zoek hulp bij Maud.

'Laten we maar gaan,' zegt die aarzelend.

Lola slaat met haar vuist op de tafel. 'Jullie zijn echt onmogelijk! Roger, we gaan het toch niet nu al opgeven?'

Ik rol met mijn ogen. 'Kun je hem er alsjeblieft niet bij betrekken? Zijn mening telt op dit moment even niet.'

Lola kijkt somber naar de tafel en bestudeert de kaart.

Maud en ik kijken elkaar bezorgd aan. We denken allebei hetzelfde: Lola is echt verliefd. En we moeten haar helpen.

Na sluitingstijd staan Maud en ik weer voor het café. Er is helemaal niemand meer.

Verbaasd doet George de deur open. 'Wat doen jullie nou hier? Zijn jullie soms iets vergeten?'

'We moeten met je praten,' verklaar ik.

George gebaart dat we moeten gaan zitten en neemt dan tegenover ons plaats.

'Ik heb geen idee waarover dit zou moeten gaan. Vertel op.'

Ik geloof niets van zijn onschuldige houding. 'Volgens mij ben jij nogal in trek bij de meisjes, of niet?' Mijn stem klinkt erg fel.

'Laten we nu nog geen conclusies trekken,' zegt Maud

plechtig. 'Zullen we George even de kans geven om het uit te leggen?'

George zit een beetje ongemakkelijk tegenover ons. 'Waar hebben jullie het over?'

'Ach, alsof jij dat niet weet,' bijt ik hem toe.

Maud kijkt me waarschuwend aan.

Mokkend kijk ik voor me uit en laat haar het woord doen.

'Een tijdje geleden waren we in een club en toen zagen we jou,' verklaart Maud.

George lijkt het nog niet helemaal te begrijpen. 'Waarom kwamen jullie dan niet naar me toe?'

'Omdat je met een ander meisje was, natuurlijk,' zeg ik ongeduldig.

George zet grote ogen op en zucht. 'Vandaar dat Lola de laatste tijd zo afstandelijk doet.'

'Je zult moeten kiezen,' zeg ik.

'Hou je kop,' sist Maud.

Ik kijk haar een beetje schuldbewust aan.

'Maar ik hoef helemaal niet te kiezen,' antwoordt George schouderophalend.

'Luister,' begint Maud. 'Je zult vast wel je redenen hebben om dat meisje leuk te vinden –'

'Ik vind haar niet leuk,' onderbreekt George haar. 'Ik vind Lola leuk.'

'En je vindt toevallig niet ook nog een paar andere meisjes leuk?'

Dit lijkt wel een kruisverhoor, maar ik moet het hem vragen. George lijkt me een heel aardige jongen, maar ik kan het ook fout hebben.

78

'Ik vind geen andere meisjes leuk,' zegt George. 'Maar ik zie niet in waarom dat niet zou mogen. Lola spreekt toch ook met andere jongens af? Vandaag was ze ook met een andere jongen in het café.'

Ik moet lachen. 'O, dat stelde niets voor. Eigenlijk is hij gewoon een goede vriend van ons.'

Maud brengt het gesprek op een ander onderwerp. 'Wie was trouwens dat meisje bij jóú in die club?'

'Dat was mijn zus,' verklaart George.

Maud en ik zijn even van ons stuk gebracht. Met die optie hebben we geen moment rekening gehouden.

Het lukt me aardig om het voorval bij de club te vergeten, maar soms word ik er op de raarste momenten aan herinnerd.

Zoals vandaag. Carijne en ik lopen samen door het winkelcentrum. We zijn allebei dol op winkelen. Terwijl we door de drukke menigte lopen, proberen we ons een weg te banen naar de overkant van de straat. Opeens voel ik een hand op mijn schouder, die er veel langer dan normaal blijft liggen. 'Blijf van me af, engerd!' Meteen sla ik de hand van mijn schouder en ik draai me geschrokken om. Ik ben ervan overtuigd dat het weer die engerd uit de club is, maar ik kijk recht in het gezicht van Roger.

'Gaat het wel goed met je, Noa?'

Beschaamd staar ik naar mijn voeten. 'Ja, het gaat prima. Ik dacht dat je iemand anders was.'

Even staan we ongemakkelijk tegenover elkaar.

'Sorry, ik ben onbeleefd.' Roger steekt zijn hand uit naar Carijne. 'Ik ben Roger. En jij bent het zusje van Noa?'

Carijne gooit meteen haar charmes in de strijd. 'Zeg maar Carijne,' zegt ze giechelend.

Op dat moment lijkt ze zich te herinneren dat ik er ook nog naast sta. 'Jullie zullen vast wel even willen bijpraten. Ik laat jullie alleen.' Ze geeft me een opvallende knipoog en verdwijnt in de menigte.

Roger steekt zijn handen in zijn zakken. 'Je moet weten dat die engerd je echt niets durft te doen in een grote menigte. Je bent veilig hier.'

Ik haal mijn schouders op. 'Dat kan best zo zijn, maar stel dat ik hem een keer in een verlaten straatje tegenkom?' Bij de gedachte alleen al lopen de rillingen over mijn rug.

'Die kans is wel heel erg klein,' antwoordt Roger. 'En je vergeet dat die jongen waarschijnlijk dronken was. Hij doet je echt geen kwaad als hij nuchter is.'

Ik wil hem zo graag geloven, maar ik kan het niet.

Roger ziet de twijfel in mijn ogen. 'Als je je er veiliger door voelt, wil ik ook wel wat flinke klappen uitdelen.'

Dat is ontzettend lief van hem. Ik geef hem een plagerig duwtje.

'Daar ben jij helemaal niet sterk genoeg voor.'

'Dacht je van niet?' Roger spant zijn armspieren. 'Ik train driemaal per week. Elke jongen die jou aanraakt, sla ik helemaal tot moes!'

Eerst moet ik lachen, totdat ik zijn blik vang. We denken allebei tegelijk aan dezelfde jongen: Camiel. 'Hoe gaat het eigenlijk tussen jou en Camiel?' vraagt Roger.

Ik kijk snel weg. 'Het gaat prima,' antwoord ik.

'Ik wilde je al een tijdje iets vragen.' Roger komt dichterbij staan. 'Misschien klinkt het gek, maar vind je Camiel wel écht leuk?'

Een beetje verrast door zijn vraag stap ik achteruit.

'Ik vind Camiel...' Níét leuk. Of wel? Een stemmetje in mijn hoofd zegt dat ik nu het goede antwoord moet geven. Is het zo moeilijk om te verwoorden wat ik al een hele tijd denk?

'Ik geloof niet dat je verliefd op hem bent,' zegt Roger.

Er knapt iets in me. Hoe komt Roger er ineens bij dat ik Camiel niet leuk vind? En waar haalt hij het lef vandaan om dat te zeggen?

'Jij weet er helemaal niets vanaf,' bijt ik hem toe.

Roger deinst geschrokken achteruit.

'Camiel is heel erg lief voor me en dat kan ik van jou niet altijd zeggen.'

Nadat ik het heb gezegd, heb ik er alweer spijt van. Hij heeft me wel midden in de nacht van een enge creep gered.

Het gezicht van Roger betrekt. 'Sorry, dat had ik niet moeten vragen. Ik zal me niet meer met jullie bemoeien.' Hij kijkt me afstandelijk aan en draait zich dan om.

'Wacht, ik bedoelde het helemaal niet zo!' Wanhopig roep ik hem achterna, maar hij loopt gewoon door. Roger en ik hebben wel vaker ruzie gemaakt, maar dit voelt heel anders. Ik heb het gevoel dat dit nooit meer goed komt.

'Hebben jullie nog gezellig gepraat?' Een tijdje later komt Carijne weer naar me toe. 'Je vond het toch wel goed dat ik wegging, of niet?'

Ik knik traag en knipper met mijn ogen. In het bijzijn van mijn zusje ga ik echt niet huilen.

'Gaat het wel?' Carijne slaat een arm om me heen.

'Het gaat wel,' antwoord ik mismoedig. 'Ik denk dat ik

het totaal verpest heb bij de jongen van mijn dromen, dat is alles.'

'Het zal vast wel meevallen.' Carijne bedoelt het goed, maar het pept me niet echt op.

'Nee, eigenlijk valt het helemaal niet mee. Ik moest een keuze maken tussen twee broers, en nu heb ik Roger gekwetst.'

'Dat komt wel weer goed. Het gaat erom dat je de goede keuze hebt gemaakt,' zegt Carijne.

De tranen lopen plots over mijn wangen. Ze heeft geen idee dat ze daarnet de spijker op zijn kop heeft geslagen. Waarom ben ik daarnet zo uitgevallen tegen Roger? Ik heb de verkeerde keuze gemaakt. Gaat dit ooit nog goedkomen?

HOOFDSTUK 10
Zoenen voor beginners

Ik kan mijn gedachten er niet zo goed bij houden tijdens de faalangsttraining. Het opdrachtenvel dat voor me ligt, heb ik nauwelijks ingevuld. Elke paar minuten moet ik aan Roger denken en als ik niet aan hem denk, denk ik aan die enge jongen bij de club. Wanneer zou dat eens overgaan?

Net op dat moment krijg ik een sms'je binnen.

> **Heb je vanmiddag tijd**
> **om langs te komen?**
> **Ik wil je snel spreken.**
> **Groetjes, Camiel**

Even denk ik erover om hem te sms'en dat we elkaar beter even niet meer kunnen zien. Dat zou misschien de beste oplossing zijn. Maar ik heb Camiel al een hele tijd niet meer gezien, zelfs niet na de aanranding. Hij wilde wel langskomen, maar er kwam telkens iets tussen. Ik staar even naar het schermpje en bedenk me dan: Camiel is de perfecte afleiding. Afspreken met hem kan ervoor zorgen dat ik Roger zal vergeten. Misschien word ik dan eindelijk verliefd op Camiel en loopt alles toch nog goed af. Snel stuur ik een bevestigend sms'je terug.

'Lukt het een beetje, Noa?' Andrea ziet me sms'en. Ze kijkt naar mijn lege vel, waar alleen een paar hartjes op getekend staan.

'Het lukt prima,' zeg ik blozend. 'Ik kan me vandaag alleen niet zo goed concentreren.'

Andrea kijkt alsof ze niet erg blij met me is. 'Ik denk dat wij elkaar eens onder vier ogen moeten spreken. Blijf je na de les even zitten?'

Ik krimp ineen en werp een blik op de klok. Normaal zijn we om vijf uur klaar. Dat wordt nu dus nog later, waardoor ik nog langer zenuwachtig kan zijn voor mijn afspraakje met Camiel. Waarom wil ze me net vandaag spreken? De wereld is zo oneerlijk!

Wanneer het lokaal langzaam leegstroomt, blijf ik zitten. Ik doe mijn best niet op de klok te kijken.

Andrea gebaart dat ik bij haar mag komen. 'Heb je het gevoel dat deze training een beetje werkt?'

Ik haal mijn schouders op. 'Niet echt, eigenlijk. Het invullen van opdrachten zorgt er niet voor dat mijn cijfers stijgen.'

Andrea kijkt me onderzoekend aan. 'En je doet wel voldoende je best? Ik denk dat je ouders daar ook wel erg nieuwsgierig naar zullen zijn.'

'U hoeft mijn ouders niets te vertellen!'

Ik schiet meteen in de verdediging. Mijn ouders verwachten dat ik deze cursus actief volg. Dat doe ik ook wel, alleen is het allemaal zo saai.

'Ik snap dat je het saai vindt,' zegt Andrea.

Goh, is dat zo duidelijk te zien?

'Het punt is alleen dat je niets voor niets krijgt. Je krijgt je faalangst niet zomaar onder controle. Ik weet zeker dat ook jij er iets aan kunt doen.'

Ik ben niet erg overtuigd. 'Hoe weet u dat dan? Misschien ben ik wel een hopeloos geval.'

Andrea moet lachen om mijn opmerking. 'Dit is precies wat je niet moet doen. Je hebt iets in je hoofd en houdt daaraan vast. Vind je jezelf zo hopeloos?'

Ik durf haar niet meer aan te kijken. Het lijkt wel alsof ik bij een psycholoog zit.

'Misschien ben je een beetje onzeker, maar dat is iedereen,' vertelt Andrea. 'Het is een kunst om in jezelf te geloven. Je moet geloven dat je het kunt.'

Het klinkt een beetje cliché, maar toch ook wel waar. Dat ga ik alleen nooit toegeven.

'Was dat het?' Ik werp een blik op de klok.

'Ja, ik ben klaar met mijn verhaal. Je mag nu gaan,' antwoordt ze.

Ik zeg haar gedag en voel me voor het eerst sinds tijden een stuk lichter.

Lipgloss, check. Kauwgom, check. Frisse adem, check. Mijn hart gaat tekeer. Naarmate ik dichter bij mijn doel kom, gaan mijn handen steeds erger zweten. De laatste keer dat ik Camiel zag, gaf hij me een kus en beloofde hij meer. Er vliegen allerlei gedachten door mijn hoofd. Zou nu het moment zijn? Stel dat hij niet kan zoenen? Stel je voor dat ik uit mijn mond stink? Paniekerig adem ik in mijn hand en probeer ik de lucht van mijn adem te ruiken. Ik ruik niets opvallends. Eigenlijk moet ik me helemaal niet zo druk maken. Ik ben vast niet de enige die zenuwachtig is.

Camiel doet bezorgd de deur open. 'Noa, hoe gaat het met je?'

'Ja, het gaat prima,' zeg ik zenuwachtig. 'Het is wel eens beter geweest, maar ik mag niet klagen.' Door de zenuwen ratel ik aan één stuk door.

'Zeker weten? Ik had eerder langs moeten komen, maar ik had geen tijd. Sorry.' Camiel kijkt me een beetje onzeker aan.

'Ja, het gaat goed,' herhaal ik ongeduldig.

'Gelukkig.' Hij pakt mijn hand en neemt me mee naar boven.

De zenuwen gieren door mijn lichaam bij het idee dat we zo misschien wel gaan zoenen.

'Luister, ik moet je iets vertellen,' biecht Camiel op.

Mijn hart maakt een sprongetje. Zou hij me nu ook al verkering gaan vragen?

'Het is heel moeilijk om dit te zeggen,' zegt hij aarzelend.

Zo moeilijk kan het toch niet zijn om een meisje verkering te vragen? Ongeduldig tik ik met mijn voet op de grond.

Camiel schraapt zijn keel.

'O, vertel het nou maar gewoon,' dring ik aan.

'Je bent een heel bijzonder meisje,' begint Camiel. 'En

ik ben blij dat ik je heb leren kennen...'

Ik kijk hem afwachtend aan. Hij weet de spanning wel goed op te bouwen.

'...maar ik weet niet helemaal zeker wat ik voor je voel,' vervolgt hij.

Dat was niet helemaal wat ik had verwacht. Eerlijk is het wel.

'Eigenlijk zit ik een beetje met hetzelfde,' zeg ik zachtjes. Want na al die afspraakjes met Camiel heb ik nog steeds niet het gevoel dat ik hem goed ken.

'We zouden kunnen proberen...' Camiel maakt zijn zin niet af.

'Wat zouden we kunnen proberen?' Ik hou mijn hoofd schuin.

Voor ik het weet drukt Camiel zijn lippen zachtjes op de mijne en opent zijn mond. Ik kus hem terug, maar voel er niks bij. Na een poosje trekt Camiel zich terug.

'En?'

'Sorry, maar het is net alsof ik met mijn broertje sta te zoenen,' antwoord ik verontschuldigend. 'Ben je nu niet boos?'

Ik kijk Camiel onzeker aan. Mijn opmerking was misschien een beetje lullig.

'Nee, helemaal niet,' zegt hij. 'Eigenlijk ben ik juist wel opgelucht. Het voelde voor mij namelijk ook alsof ik een zusje aan het zoenen was.'

Ik voel me alweer kilo's lichter.

'Nu we dat ook weer opgelost hebben, zullen we dan maar vrienden blijven?' Camiel steekt zijn hand uit.

Ik schud stevig zijn hand. 'Vrienden.'

Na deze vreemde gebeurtenis willen mijn vriendinnen meteen alle details weten.

'Je hebt wát?' Lola kijkt me aan alsof ik van een andere planeet kom.

'Die jongen is zo ongeveer de knapste die ik ooit heb gezien en dan heb je besloten vriendschap met hem te sluiten?' Ze tikt tegen haar voorhoofd.

Ik haal een beetje ongemakkelijk mijn schouders op.

Maud lacht naar me en wisselt dan een blik met Lola. 'Ik vind je niet raar, hoor,' zegt ze vaag. 'Je moet zelf weten wat je doet.'

Dat was ik bijna vergeten: het rare gedrag van Maud en Lola. Ik dacht dat het voorbij was, maar blijkbaar is dat niet zo. Het lijkt wel of ze iets voor me verborgen houden.

Voordat ik er verder op in kan gaan, komt George aanlopen.

'Wie is die knappe jongen waar jullie het over hebben?' Hij schenkt Lola een lief glimlachje.

Lola bloost en prikt hem verlegen in zijn buik. 'We hadden het natuurlijk over jou,' liegt ze.

Nadat Maud en ik met George zijn gaan praten, heeft hij Lola gebeld. Zo te zien is het dik aan.

'Wanneer ben je klaar met werken?' Maud gaat snel over op een ander onderwerp.

George wil net antwoord geven, wanneer zijn blik afdwaalt. Ik volg zijn blik en zie een meisje het restaurant binnen komen. Volgens mij hebben we haar al eens eerder gezien.

'Ik moet even naar de keuken,' zegt George opeens. 'Ik ben zo terug.'

Lola haalt haar schouders op en ziet het meisje onze richting op lopen.

'Is dat niet de zus van George?'

'Inderdaad,' voegt Maud eraan toe. 'Waarom ga je je niet even voorstellen? Dan maak je meteen een goede indruk.'

Lola kijkt ons even twijfelend aan, maar staat dan op.

'Dat is een goed idee.'

Het meisje staat al bijna voor onze tafel. Nu ik haar eens goed bekijk, merk ik op dat ze helemaal niet op George lijkt.

'Hoi, ik heb veel over je gehoord,' begint Lola enthousiast. Ze steekt haar hand uit. 'Ik ben Lola.'

Het meisje kijkt een beetje vreemd naar Lola en neemt de hand bedachtzaam aan. 'Hallo, Lola.'

Ze toont verder geen interesse en kijkt zoekend in het rond. 'Waar is hij?'

Lola ontploft bijna omdat het meisje zich zo onbeleefd gedraagt.

Ik zie dat ze iets gemeens wil gaan zeggen, maar ik sein haar dat ze rustig moet blijven. Wat de zus van George ook dwarszit, wij staan daarboven.

Enkele minuten later klinkt er een heftige woordenwisseling in de keuken. We kijken nieuwsgierig op en zien George de keuken uit lopen. Hij stormt recht op ons tafeltje af. Zijn zus loopt achter hem aan.

'Luister eens, Lola,' begint George. Hij ademt zwaar. Zijn wangen zijn rood en er druppelt zweet over zijn voorhoofd.

Zijn zus valt hem in de rede. 'Het spijt me heel erg, maar je kunt George beter vergeten.'

Ik hap naar adem en zie dat Lola hetzelfde doet. Waar gaat dit allemaal over?

Het meisje slaat een arm om George heen en glimlacht poeslief. 'George heeft al een vriendin.'

'O ja? En wie is dat dan?' Lola zet haar handen uitdagend in haar zij.

Het meisje trekt haar wenkbrauwen op. 'Is dat nu nog niet duidelijk? Ik natuurlijk.'

Lola zet grote ogen op en kijkt vragend naar George.

Hij blijft veel te lang stil. Ik denk dat we allemaal wel weten wat dat betekent.

HOOFDSTUK 11
Vreemdgaan is de nieuwe trend

Op een saaie donderdagmiddag zit ik aan mijn bureau wat te schrijven. Dan word ik gebeld. Op de display van mijn mobiel is de naam van Camiel te lezen. Ik vraag me af waarom hij mij belt.

'Noa, ik ben blij dat je opneemt!' Camiel klinkt opgelucht. 'Ik moet je even spreken.'

'Goed, stort je hart maar uit,' antwoord ik luchtig.

Camiel schiet in de lach. 'Nee, niet over de telefoon. Ik wil je iets belangrijks vertellen. Kun je zo naar café Het Witte Paard komen?'

Verbaasd trek ik mijn wenkbrauwen op. Hij maakt me wel erg nieuwsgierig.

'Waarom ook niet. Ik ben toch alleen maar mijn wiskunde aan het maken.'

'Goed, dan zie ik je zo.'

Camiel en ik zitten in Het Witte Paard. Het is een nogal luidruchtig café, waar ik nog nooit eerder ben geweest. Waarschijnlijk ga ik hier ook niet vaak komen, aangezien er alleen maar luid schreeuwende jongens rondjes springen om de tafelvoetbaltafel. Er vloeit bier in overvloed, waardoor mijn schoenen na een paar minuten al helemaal doorweekt zijn. Stiekem hoop ik dat Camiel nieuws heeft over Roger, maar tegelijkertijd weet ik dat het onzin is.

'Dus, wat wilde je me vertellen?' Ik neem de cola aan die Camiel voor me gehaald heeft.

Hij schijnt niet goed te weten waar hij moet beginnen.

Ik schuifel ongeduldig met mijn voet.

'Laat ik je eerst een vraag stellen,' vervolgt hij uiteindelijk.

Vanbinnen gieren de zenuwen door mijn lijf. Stel je voor dat hij helemaal geen vrienden wil zijn, maar toch meer van me wil? Dan zal ik hem toch echt moeten teleurstellen. Ik heb mijn gevoelens net weer een beetje op orde.

'Luister, voordat je begint: ik blijf bij ons plan om niet meer dan vrienden te zijn,' flap ik eruit.

Camiel kijkt me verbaasd aan. 'Daar gaat het helemaal niet over.'

'O, juist.' Mijn wangen kleuren een beetje rood.

'Zou je het erg vinden als ik gevoelens heb voor een ander meisje?' Camiel frunnikt zenuwachtig aan een bierviltje.

Ik haal opgelucht adem en kijk hem aan. 'Nee, natuurlijk niet! Wie is het? Ken ik haar?'

Camiel lijkt even na te denken. 'Ik geloof het wel.'

'Wie is het dan? Je kunt het me wel vertellen,' zeg ik nieuwsgierig.

'Ik weet het niet,' twijfelt Camiel.

'Je weet het niet? Wat kan er nu zo erg zijn? Ik heb er

echt geen probleem mee. Als het mijn zusje maar niet is.'
Ik grinnik bij de gedachte.

Camiel blijft stil.

'Is het mijn zusje?' Ik word rood. 'Nee toch?'

Camiel schudt snel zijn hoofd. 'Nee, het is Carijne niet.
Maar het lijkt me beter om het je nu niet te vertellen. Je
komt er later wel achter.'

Dat is het dan. Ik vraag me af waarom hij me helemaal
hiernaartoe heeft laten komen. Hij heeft me nieuwsgierig
gemaakt, maar ook verontrust.

Ik heb genoeg van het spel dat mijn twee beste vriendinnen met me spelen. Zo stoppen ze de laatste tijd met praten als ik eraan kom en ze werpen elkaar geheimzinnige
blikken toe. Elke keer als ik hen vraag of er iets is, antwoorden ze dat er niets aan de hand is. Ik zou wel gek
zijn om dat te geloven. Nu ik hen zo samen zie smoezen,
voel ik me heel erg buitengesloten. Daarom kies ik voor de
directe aanpak. Ik gooi mijn tas tussen hen in, terwijl ze
druk in gesprek zijn.

'Wat is er aan de hand?' Lola trekt verbaasd haar wenkbrauw op.

Ik pers mijn lippen stijf op elkaar en dwing mezelf rustig te blijven.

'Volgens mij weten jullie dat best,' probeer ik zo
bedaard mogelijk te zeggen.

Maud staart naar haar voeten en is duidelijk niet van
plan iets te zeggen.

'Waarom proberen jullie iets voor me te verbergen?
Heb ik soms iets fout gedaan? Ik dacht dat we beste vrien-

dinnen waren.' Bij het woordje 'beste' maak ik met mijn vingers aanhalingstekens in de lucht.

Lola zucht en ik zie haar twijfelen. 'Het is voor je eigen bestwil.'

Ik kijk haar niet-begrijpend aan.

Maud knikt Lola toe. 'We moeten het haar vertellen. Ze komt er uiteindelijk toch wel achter.'

Wat zou er in vredesnaam aan de hand kunnen zijn?

'Beloof je me dat je niet boos wordt?'

Maud kijkt me smekend aan.

Ik begin het steeds vreemder te vinden. 'Als je me het maar vertelt. Ik beloof dat ik niet boos word.'

'We willen je echt niet kwetsen,' zegt Lola. 'En daarom hebben we het al die tijd voor je verborgen gehouden.'

Ik knik ongeduldig. 'Vertel het nou maar.'

'Weet je zeker dat je geen gevoelens meer hebt voor Camiel?'

Ik schud mijn hoofd. 'Makkelijke vraag. Natuurlijk niet.'

Eerst wil Camiel me spreken en nu stellen mijn vriendinnen me vragen over Camiel. Ik voel dat er iets ergs gaat komen, maar ik kan de twee puzzelstukjes nog niet in elkaar passen.

'De laatste tijd heeft Camiel ook nog contact gehad met een ander meisje,' vertelt Lola.

'Wat?' roep ik hard.

Lola stapt geschrokken achteruit. 'Hij wilde je niet bedriegen. Echt niet. In het begin dacht hij dat het wel iets kon worden tussen jullie, maar het tegengestelde werd al snel duidelijk,' vertelt ze. 'Toch was hij bang dat jij wel iets voor hem voelde, dus wilde hij proberen of het nog zou klikken als jullie elkaar beter leerden kennen.'

Terwijl Lola het me probeert uit te leggen, staat Maud stilletjes achter haar. Haar gezicht is bleek.

Ik kijk haar aan en dan weet ik het. 'Jij was het, hè?'

Maud praat zo zacht, ze is bijna niet te verstaan. 'Het spijt me, Noa, ik deed het niet om je pijn te doen. Het gebeurde gewoon.'

Sprakeloos kijk ik haar aan. Ik had gelijk, al die tijd. Ik ben woedend, maar tegelijkertijd ook teleurgesteld. Ik kan niet geloven dat een van mijn beste vriendinnen me dit aandoet.

HOOFDSTUK 12
De 'zus' van George

Ik voel me vreselijk. Natuurlijk lijd ik niet aan liefdesverdriet, want ik ben nooit echt verliefd op Camiel geweest. Toch voel ik me bedrogen. Op school slaag ik erin om Maud niet meer aan te kijken én Lola te negeren. Daarnaast doe ik ook nog eens mijn best Roger te ontwijken. Gelukkig zit Camiel op een andere school, want vier mensen ontlopen wordt wel erg moeilijk.

Op een middag komt mijn moeder zonder pardon mijn slaapkamer binnen vallen. De vloer ligt bezaaid met stapels kleding, die ze op mijn bed gooit. Ook opent ze de gordijnen en doet ze mijn nachtlampje uit. Snel sla ik mijn dagboek dicht en leg het onder de dekens.

'Mam, waarom doe je dit?'

'Omdat je je gaat aankleden,' zegt ze resoluut.

Ik kijk naar mijn sjofele spijkerbroek en grijze sweater. 'Ik bén aangekleed, mam,' protesteer ik.

Mijn moeder werpt me een schoon shirtje toe. 'Doe dit maar aan. Je kunt niet voor eeuwig binnen blijven zitten en bang zijn dat je die jongen buiten tegenkomt.'

Ik rol met mijn ogen. 'Daar gaat het helemaal niet om. Ik ben de afgelopen weken toch gewoon buiten geweest?'

Ze schudt haar hoofd. 'Wat je dan ook dwarszit, je zet je er nu overheen. Je gaat boodschappen doen.'

Even dacht ik nog dat ik me met mijn alternatief geklede moeder moest gaan vertonen in de supermarkt, maar gelukkig laat ze me alleen gaan. Zo vlug mogelijk gris ik de potjes appelmoes en een pak hagelslag uit de rekken. In mijn haast kijk ik niet goed uit en knal volop tegen iemand aan. Snel kijk ik omhoog, omdat ik in een reflex denk dat het de enge jongen van de club is. Als ik zie wie de persoon tegenover me is, haal ik opgelucht adem.

'George? Wat doe jij nou hier?'

Dan bedenk ik me dat ik hem op dit moment helemaal niet wil zien. Omdat hij Lola keihard heeft laten zitten, ben ik ook boos op hem. Vriendinnen moeten elkaar altijd steunen. Al vraag ik me af of Lola en Maud op dit moment mijn vriendinnen zijn.

'Ik woon hier in de buurt,' zegt George aarzelend. 'Zal ik je even helpen?'

Ik raap vlug het pak hagelslag op en schud mijn hoofd. 'Nee hoor, dat hoeft niet.'

Ik wil alweer weglopen, maar George grijpt me bij mijn arm.

'Het spijt me heel erg dat het zo gelopen is met Lola. Ik wilde haar niet kwetsen.'

'Wil je soms zeggen dat je een verklaring hebt?'

George kijkt me een beetje hulpeloos aan – ik krijg

bijna medelijden met hem.

'Laat die verklaring maar héél goed zijn dan.'

Even later zitten George en ik op een muurtje voor de supermarkt.

'Dat meisje was helemaal niet mijn vriendin,' verklaart George.

'En wie is ze dan wel? Je zus was ze namelijk ook niet,' antwoord ik spottend.

'Dat heb ik verzonnen,' zucht George.

'Waarom?' Ik tik tegen mijn voorhoofd. Soms begrijp ik jongens gewoon niet.

'Omdat ze mijn ex-vriendin is.'

Voordat ik weer iets kan zeggen, gebaart hij dat ik stil moet zijn.

'Laat me het uitleggen, alsjeblieft. Fleur en ik hebben een jaar verkering gehad,' vertelt George. 'Daarna maakte ik het uit en begon ze me te stalken. Het werd steeds erger. Wanneer ik een afspraakje had met een meisje, zorgde Fleur ervoor dat er iets mis ging. Dus dacht ik dat het misschien beter zou zijn om het hierbij te laten. Ik wil niet dat Lola hierdoor problemen krijgt.'

'Nou, dan ken je Lola nog niet,' zeg ik. 'Die laat zich niet zomaar opzijzetten door een of ander meisje.'

George grinnikt en kijkt beschaamd naar de grond. 'Ik heb het totaal verpest.'

Ik schud mijn hoofd. 'Er is vast nog wel iets aan te doen. Je moet haar gewoon opbellen en dapper zijn. Dan komt alles vast goed.'

'Dat is echt lief van je,' zegt George dankbaar. 'Maar

genoeg over mij. Vertel me nu eens over jezelf. Ik heb gehoord over die nacht bij de club. Gaat het wel goed met je?'

Ik voel een rilling over mijn rug gaan. Zal ik George in vertrouwen nemen en hem al mijn problemen vertellen? Het kan vast geen kwaad om mijn hart eens een keer te luchten.

Na mijn gesprek met George ben ik op het idee gekomen om met Camiel te gaan praten. Ik zal proberen om het zo netjes mogelijk te houden, zodat we geen ruzie krijgen. Het enige wat ik wil, is het verhaal van zijn kant horen.

Wanneer ik voor de deur sta en heb aangebeld, doet Roger de deur open.

'Hoi,' zeg ik lichtelijk verward. 'Is Camiel er ook?'

Roger schudt zijn hoofd.

'Jammer.' Ik wil weer weglopen.

'Je mag wel even binnen wachten. Hij kan elk moment thuiskomen.' Roger maakt een uitnodigend gebaar naar binnen.

Ik blijf twijfelend staan. Kan ik niet beter een andere keer terugkomen? Ik moet mijn verhaal toch een keer kwijt, dus ik besluit te wachten op Camiel.

'Wil je wat drinken?' Roger schenkt voor zichzelf een cola in.

'Nee, dank je.' Ik ga een beetje ongemakkelijk op het puntje van de bank zitten. De laatste keer dat ik Roger heb gezien, kregen we ruzie.

'Waarom wil je Camiel eigenlijk spreken?' Roger gaat naast me zitten. 'Niet dat het mij wat aangaat hoor, maar het is toch uit tussen jullie?'

Hij gedraagt zich afstandelijk. Roger is duidelijk boos op mij en daar heeft hij alle reden toe.

'Ik kom om Camiel te spreken over dat gedoe met Maud.'

Eigenlijk wil ik dat helemaal niet aan Roger vertellen.

'Misschien is het allemaal een beetje verkeerd gelopen,' antwoordt hij voorzichtig.

Ik frons mijn wenkbrauwen.

'"Verkeerd gelopen"? Camiel is er toevallig wel vandoor met mijn beste vriendin!'

Roger kucht even, waardoor ik weet dat hij dit net zo'n ongemakkelijke situatie vindt als ik.

'We kunnen het er ook gewoon niet over hebben,' opper ik.

Roger knikt.

'Maar ik snap niet hoe hij me aan het lijntje heeft kunnen houden.' Ik kan mijn mond toch niet houden.

'Het was inderdaad niet netjes,' zegt Roger vaag.

'"Niet netjes"? Sta jij soms ook aan Camiels kant? Vind je het normaal, wat hij gedaan heeft?'

Ik kijk hem boos aan.

Roger haalt zijn schouders op. 'Wat verwacht je dan van me? Camiel is mijn broer. En je kunt me nou niet vertellen dat jij altijd even netjes bent geweest.'

Ik open mijn mond. 'Waar heb je het over?'

Roger haalt zijn schouders op. 'Je was nooit echt verliefd op hem.'

Mijn mond vormt een grote O. 'Hoe weet jij dat?' En daar verspreek ik mezelf.

Roger schijnt het niet eens te merken.

'Denk je dat ik gek ben? Zoiets is heus wel te zien, hoor.'

Misschien heeft hij wel gelijk.

'Maar dan nog is het niet leuk dat hij iets met Maud is begonnen,' zeg ik chagrijnig.

'Dat hoor je mij ook niet zeggen,' reageert Roger.

'Ik wil hem gewoon even duidelijk maken dat ik het een ongelofelijke –'

Op dat moment horen we allebei de deur open gaan.

'Ga je gang.' Roger maakt een uitnodigend handgebaar.

Ik staar naar mijn schoenen en twijfel. Als Camiel en Maud elkaar echt leuk vinden, wie ben ik dan om daar tussen te staan? Wat heeft het voor een nut om Camiel nu de wind van voren te geven? Ik schud kleintjes mijn hoofd naar Roger.

'Geeft niet. Je maakt de juiste beslissing,' zegt die.

We staan op en Roger duwt me naar de achterdeur. 'Tweede paadje rechts, dan ben je weer op de grote straat.' Dan sluit hij de deur achter me.

'Wie was dat?' hoor ik Camiel vragen.

'Niemand. Het was heel erg warm hier binnen. Daarom heb ik de deur even op een kiertje gezet.'

Terwijl Roger het leugentje vertelt, loop ik weg zonder de confrontatie aan te gaan. Toch voel ik me een stuk opgeluchter.

Diezelfde middag bel ik Maud.

'Heb je vanmiddag tijd om even bij te praten?' Ik heb besloten dat ik niet meer boos ben.

'Vanmiddag bedoel je?' Maud reageert een beetje onnozel.

'Ja, deze middag,' antwoord ik geduldig.

'Hoe laat had je in gedachten?'

Sorry? Heeft ze al een hele agendaplanning voor vandaag? Maud maakt altijd tijd voor goede vriendinnen. Maar nu ze met Camiel is, zal dat wel anders zijn, bedenk ik me.

'Zeg jij het maar,' geef ik daarom toe. Ik ga niet moeilijk doen, en hoop dat ze nog tijd heeft.

'Nou, eigenlijk komt het vanmiddag helemaal niet zo goed uit,' antwoordt Maud aarzelend.

'Helemaal niet?' Ik ben teleurgesteld en laat dat ook merken.

'Sorry, maar ik heb al andere plannen,' zegt Maud verontschuldigend.

'Laat me raden. Met Camiel?' Ik hoef het antwoord eigenlijk niet eens af te wachten.

'Ja, dat klopt.' Maud klinkt nu een beetje kortaf. 'Hoor eens, ik bel je nog wel om iets af te spreken.'

Na deze woorden hangt ze op. Ik staar naar de hoorn in mijn handen. Is dit echt Maud? Zo bot heb ik haar nog nooit gehoord.

Gelukkig heb ik nog andere vriendinnen naast Maud. Lola zal me vast niet in de steek laten. Ik heb er een goed gevoel bij als ik haar bel. Lola is altijd in voor iets geks.

'Met Lola,' klinkt het aan de andere kant van de lijn.

'Hallo, met Noa,' begin ik enthousiast.

'Noa, luister, ik heb nu echt geen tijd.' Haar stem klinkt spijtig.

'Geen tijd?' Teleurgesteld bijt ik op mijn lip.

'Ik sta op het punt om weg te gaan.'

'Waarheen?' Ik durf het bijna niet te vragen.

'Ik ga iets drinken met George, Roger, Camiel en Maud. Roger brengt geloof ik ook nog iemand mee.' Lola klinkt ongeduldig.

Gaan ze nu plotseling allemaal iets doen zonder mij?

'Je mag wel mee, hoor,' stelt Lola snel voor. Ze voelt waarschijnlijk mijn teleurstelling aan.

'Nee, bedankt. Veel plezier,' antwoord ik snel. 'Ik heb ook al andere plannen.'

'Volgende week gaan we iets gezelligs doen,' belooft Lola.

En dat was dan dat. Al mijn vrienden spreken wat met elkaar af. En natuurlijk brengt Roger ook iemand mee. Waarom zou hij ook stilzitten? Ik ben degene die nog aan hem denkt, terwijl hij het gezellig heeft met al mijn vrienden en zijn nieuwe vriendin. Niemand die mij nodig heeft op dit moment.

HOOFDSTUK 13
Liegbeest

Een weekje later hebben mijn vriendinnen ineens wel weer tijd voor me. Lola belt om me over te halen met hen mee te gaan.

'Het meisje dat Roger meegebracht heeft, is echt heel aardig,' verzekert Lola me. 'Ga je alsjeblieft met ons mee?'

'Vooruit dan maar. Ik heb toch niets anders te doen,' mompel ik chagrijnig.

Of het gezellig zal worden, vraag ik me af. Ik ben namelijk in het gezelschap van drie kersverse stelletjes – waaronder ook mijn soort van ex-vriendje Camiel, die nu verkering heeft met mijn beste vriendin Maud. Daar kan ik nog wel mee leren leven. Erger is het feit dat Roger ook een meisje heeft meegenomen.

'Madeleine heeft beloofd dat ze haar broer zou meenemen, zodat jij je niet zo alleen zou voelen,' vertelt Lola.

Ik ben enigszins verbaasd. 'Wie is Madeleine?'

'O, sorry. Madeleine is de nieuwe vriendin van Roger.

Je vindt hem nog steeds leuk, hè?' Lola snapt eindelijk dat ik niet erg enthousiast ben.

Ik geef geen antwoord.

Lola probeert me op te peppen. 'Ze is echt helemaal niet zo geweldig, hoor, jij bent veel leuker!'

Ik wil het graag geloven, maar het komt er niet erg overtuigend uit. Helaas heb ik al beloofd dat ik met hen mee zal gaan.

Dat Lola liegt over Rogers nieuwe vriendin, blijkt als Madeleine samen met het hele stel aan komt lopen. Madeleine is ontzettend knap en je kan aan haar kleding zien dat haar ouders veel geld hebben. Ze is helemaal Rogers type niet.

'Hoi.' Maud begroet mij en Lola.

Ik zwaai naar haar en Camiel, terwijl ze naast me op de bank gaan zitten.

'Je vindt het toch écht niet erg, hè?' Maud fluistert discreet in mijn oor en wijst op Camiel, die zijn arm om haar schouders heeft geslagen.

Ik slik een brok in mijn keel weg wanneer ik Roger hetzelfde zie doen bij Madeleine.

George en Lola zitten er ook al close bij.

'Natuurlijk niet,' antwoord ik. 'Het is wel raar, maar het went wel.'

Maud glimlacht blij en geeft me een knuffel.

Je kunt wel zien dat ze Camiel echt leuk vindt.

'Ik zal jullie even officieel aan elkaar voorstellen.' Lola wuift om mijn aandacht te trekken. 'Madeleine, dit is Noa. Noa, dit is Madeleine.'

Madeleine knikt me vriendelijk toe. 'Ik heb al heel veel over je gehoord,' zegt ze. 'Leuk om met je kennis te maken.'

Ik probeer er niets achter te zoeken. Ze bedoelt het vast aardig. Met een krampachtige glimlach knik ik naar haar.

'Omdat jij hier de enige vrijgezel bent, heb ik mijn broer meegenomen,' zegt Madeleine.

Ze pakt een jongen van gemiddelde lengte bij de arm. Hij staat achter haar met een paar jongens te praten. De jongen is zongebruind en draagt een knalpaarse polo. Iedereen aan tafel kijkt me verwachtingsvol aan. Volgens mij verwachten ze dat ik meteen verliefd word op deze patser.

Hij grijnst naar me.

'Heeft deze mooie jongedame ook nog een naam?'

Ik moet mijn best doen om niet in lachen uit te barsten en zie dat Maud en Lola zich ook inhouden. 'Ik heet Noa,' antwoord ik grinnikend.

Hij pakt mijn hand en drukt er een kus op. 'Aangenaam, Noa, ik heet Ferdie.'

'Ik wist niet dat jongens dat tegenwoordig nog deden,' antwoord ik en ik wijs op mijn hand.

Iedereen aan tafel schiet in de lach, behalve Madeleine en Ferdie. Madeleine kijkt me scherp aan en Ferdie haalt zijn schouders op. Hij draait zich van de groep af, om weer verder te praten met zijn vrienden. Ik kijk nog een tijdje naar hem en richt mijn blik dan op Madeleine. Heel erg vreemd: deze broer en zus lijken helemaal niet op elkaar. Ze lijken eerder op Barbie en Ken. Voor zover ik het weet, is dat een stelletje. Maar dat zal ik me wel weer verbeelden.

De rest van de avond probeer ik niet jaloers te zijn en me gewoon te vermaken met mijn vriendinnen. Ze vinden Ferdie een vreselijke uitslover, net als ik.

'Als hij je nog eens op je hand kust, moet je hem slaan,' zegt Lola.

Maud rolt met haar ogen en grinnikt. 'Hij noemde je wél mooi "jongedame".'

'Héél attent,' vindt ook Lola.

Ik werp een blik op Ferdie, die verderop staat te praten. Het kost me moeite om mijn lach in te houden. Snel neem ik een slok van mijn drankje.

'Die zongebruinde huid is goddelijk,' zegt Lola zachtjes tegen ons.

'En die paarse polo!' sist Maud.

Ik verslik me in mijn drankje en dan schieten we alle drie in de lach. Iedereen kijkt ons verbaasd aan, maar dat kan ons niets schelen. Lola's lach klinkt door heel het café en Maud laat haar hoofd schaterend op mijn schouder vallen.

Terwijl ik de tranen uit mijn ogen veeg, bedenk ik me dat ik dit gemist heb: die vertrouwde lol met mijn vriendinnen. En daar kan geen zongebruinde Ferdie of Madeleine tussenkomen.

De volgende dag zit ik met Carijne in een koffietentje, wanneer mijn blik naar de deur wordt getrokken. Het rinkelende belletje geeft aan dat er nieuwe gasten binnenkomen. Het is voor zover ik kan oordelen een vers stelletje, want ze kunnen niet van elkaar afblijven. Ik wil me alweer kotsmisselijk omdraaien, wanneer mijn oog valt op het meisje. Nu ik eens beter kijk, herken ik ook de gebruinde huid van de jongen. Geschrokken verslik ik me in mijn drankje.

'Gaat het wel? Wat valt er te zien?'

Voor ik kan protesteren, draait Carijne zich al om.

Ik krimp ineen.

'Ferdie en Madeleine,' mompel ik in mezelf. 'Dat is de vriendin van Roger. Ik dacht al dat er iets niet klopte.'

'Ik volg je niet helemaal,' zegt Carijne. 'Leg eens uit.'

Ik zucht en vertel haar over de nieuwe vriendin van Roger, inclusief haar foute broer.

'Maar dat is incest!' roept Carijne uit, wanneer ik klaar ben met mijn verhaal.

'Nee, slimmerd. Ik denk dat ze gewoon tegen ons gelogen heeft.'

Carijne staart me een beetje sullig aan. 'Maar waarom dan?'

Ik haal mijn schouders op. 'Weet ik veel. Ik weet alleen wel dat ik daar nu meteen een eind aan ga maken.'

Ik wil al opstaan en naar de twee toe lopen, maar Carijne houdt me tegen.

'Je gaat er geen eind aan maken. Je gaat eerst eens even rustig zitten,' gebiedt ze.

'Maar waarom? Ik wil niet dat ze Roger voorliegt. Dat verdient hij niet,' verklaar ik.

Hij verdient natuurlijk een betere vriendin. Eentje die hem niet voorliegt. Een vriendin die hem opvangt als hij liefdesverdriet heeft en uiteindelijk perfect bij hem past, dat ben ik natuurlijk. Ik zie het al helemaal voor me.

'We gaan gebruik maken van onze informatievoorsprong,' zegt Carijne.

'Hoe bedoel je?' vraag ik.

'Wat denk je zelf?' Carijne grijnst breed.

Ik moet bekennen dat ik haar een beetje eng vind op dit moment.

'We gaan haar chanteren,' verklaart ze. 'Net zolang tot ze alles zélf aan Roger vertelt.'

Niet lang daarna vragen mijn vriendinnen me weer om met hen mee te gaan.

Wanneer ik het café in stap, heb ik daar alweer spijt van. Aan mijn linkerhand zitten Camiel en Maud te zoenen, terwijl Lola en George me dit juist proberen te besparen. Helaas is dit niet eens het ergste probleem. Waar ik veel meer mee zit, is het stelletje dat zich recht tegenover me heeft geïnstalleerd.

Terwijl Roger zijn arm losjes om haar schouder heeft geslagen, heeft Madeleine haar aandacht op totaal andere dingen gevestigd. Het geeft me een beetje een dubbel gevoel. Aan de ene kant ben ik ontzettend jaloers en zou ik zo met haar van plaats willen ruilen. Aan de andere kant heb ik zin om haar te dwingen Roger met respect te behandelen. Het ergste is nog wel dat ik iets kan doen, maar dat ik verplicht word niets te zeggen. Namelijk door de persoon naast me: mijn zusje.

Carijne stond erop om mee te gaan. Ik had wel wat 'morele steun' nodig, volgens haar. Ik weet niet precies wat mijn zusje met 'morele steun' bedoelt, maar dingen fluisteren als 'we krijgen haar wel' en 'we pakken haar' werkt niet echt.

Op dat moment komt de meest foute jongen aller tijden ons ook nog vergezellen.

'Hoe gaat het ermee, schoonheid?' Ferdie slaat zijn arm

om mij heen. 'En je hebt nog een andere mooie dame mee-genomen, zie ik!' Ferdie knikt goedkeurend.

Terwijl ik het beeld van de zoenende Ferdie en Madeleine uit mijn hoofd probeer te bannen, knoopt Carijne als een volleerd toneelspeelster een gesprek met hem aan.

'En wie mag jij dan wel zijn?'

Ik word misselijk van haar flirterige ondertoon, ook al weet ik dat ze er niets van meent.

'Ik moet weg,' mompel ik. 'Even naar de wc.'

Carijne en Ferdie lijken het niet eens te merken, net als de andere stelletjes die diep in elkaar opgaan. Ik voel me totaal overbodig.

Op de wc probeer ik mijn tranen binnen te houden. Het is verschrikkelijk om Roger met een ander te zien. Ik adem diep in en uit, waardoor ik alleen maar misselijker word. Daarom besluit ik naar buiten te gaan.

'Gaat het wel goed met je?' Achter me staat Roger. Hij klinkt zo lief als hij bezorgd is.

Snel knik ik naar hem.

'Natuurlijk. Daarom ga je eerst naar de wc en daarna naar buiten.'

Roger houdt zijn hoofd een beetje schuin en kijkt me grijnzend aan.

Ik geef hem plagerig een duwtje.

'Is er iets wat je me moet vertellen?' Roger kijkt plotseling weer ernstig.

Ik voel weer een steen in mijn maag.

'Ik heb nog dingen te doen,' stamel ik. 'Ik moet weg.'

'Je moet weg?' Roger herhaalt ongelovig mijn vraag.

Ik knik weer. 'Kun je Carijne zeggen dat ik naar huis ben?'

Roger kijkt me vreemd aan, maar haalt dan zijn schouders op.

'Natuurlijk. Nou ja, tot kijk dan.'

Ik knik en zwaai zwakjes naar hem. Is ontwijken hetzelfde als liegen?

HOOFDSTUK 14

Ik en mijn grote mond

Dat kleffe gedoe van mijn vriendinnen begint me de keel uit te hangen.

Gelukkig hebben ze eindelijk tijd gevonden voor een meidenavondje. Geen vriendjes, dus geen geflirt en gezoen. Bovendien vind ik het tijd worden om ze te vertellen wie Madeleine werkelijk is.

Als we met zijn allen op de bank zitten, helpt Carijne me op weg.

'We moeten jullie iets vertellen.'

Lola en Maud kijken haar nieuwsgierig aan.

'Ik denk dat Noa beter het woord kan doen,' zegt mijn zusje.

Ik schuif een beetje ongemakkelijk heen en weer. 'Hoe zal ik het eens zeggen,' stamel ik. Ik neem een slokje van mijn cola om tijd te rekken.

Carijne neemt het van me over. 'We hebben Madeleine met Ferdie zien zoenen.'

Lola verslikt zich in haar cola en begint keihard te hoesten. Maud kijkt ons verbijsterd aan. 'Is dit een grap?'

'Nee, het is echt waar,' val ik mijn zusje bij.

'Wat vreselijk,' vindt Maud. 'Daar moeten we iets aan doen. We kunnen Roger niet laten zitten met zo'n bedriegster.'

Iedereen is het ermee eens dat we het Roger moeten laten weten. De manier waarop we dat gaan doen, is een betere vraag. En wat er daarna gaat gebeuren, moeten we afwachten.

'Ik weet zeker dat Roger haar meteen dumpt,' zegt Carijne terwijl ze kwaadaardig grijnst.

'En dan is Roger weer vrijgezel,' merkt Lola op. Ze kijkt naar mij.

Ik doe mijn best niet rood aan te lopen. Het lukt niet erg goed. Mijn vriendinnen en zusje moeten lachen.

'Dan lijkt me dit een goed idee,' stelt Maud voor. 'We zorgen ervoor dat de waarheid aan het licht komt, zodat jij Roger weer helemaal voor jezelf hebt. Ik weet zeker dat het dan wat kan worden tussen jullie.'

Ik vind het ontzettend lief van mijn vriendinnen dat ze zich zo voor me willen inzetten.

'Laten we maar meteen beginnen met het maken van de plannen,' besluit Lola.

'We kunnen Madeleine chanteren,' oppert Carijne. Ze heeft overduidelijk te veel James Bond-films gekeken.

'Dat lijkt me een beetje overdreven,' zegt Maud grinnikend. 'We kunnen het beter gewoon vertellen aan Roger. Alleen, wie gaat dat doen?'

Voordat ze allemaal naar mij kijken, protesteer ik al. 'Ik doe het niet!'

'Nee, dat is logisch,' vindt Lola. 'Waarschijnlijk gelooft hij het dan niet eens.'

'Maak je niet druk, Noa. We bedenken het nog wel,' zegt Maud. 'Laten we er gewoon nog even over nadenken. Roger komt het heus wel te weten, maar we moeten het goed doen.'

Ik krijg bijna medelijden met Roger, maar hard mezelf. De waarheid komt meestal hard aan.

Het liefst zou ik alles eruit gooien, maar ik heb besloten om in ieder geval voor één avond mijn mond te houden, zodat ik de gezelligheid niet zal bederven. We zijn weer uit met onze gebruikelijke groep. Maud en Lola zijn lachend in gesprek met Madeleine, terwijl ik er stilletjes naast zit.

'Jij ziet er niet zo blij uit. Kom met me dansen, dan vrolijk je vast op!' Ferdie steekt zijn hand naar me uit en ik kijk ernaar alsof het een stuk vuil is. Ik kan de schijn onmogelijk ophouden. Daarom excuseer ik me en vertrek naar de wc, om zogenaamd mijn mond te spoelen. Ik ga het nu niet verpesten.

In de hal zit Roger met zijn hoofd in zijn handen. Hij ziet er niet echt vrolijk uit.

'Wat doe jij hier?' Het was me nog niet opgevallen dat hij niet meer aan tafel zat.

Ik laat me naast hem op de bank zakken, maar zorg er wel voor dat er genoeg afstand tussen ons blijft.

'Ik heb gewoon een beetje hoofdpijn,' antwoordt Roger. Zijn ogen zeggen iets anders.

'Natuurlijk,' antwoord ik een tikkeltje beledigd. 'Je hoeft me de waarheid niet te vertellen.'

Roger kijkt betrapt. 'Goed dan,' verzucht hij. 'Waarschijnlijk stel ik me gewoon aan, maar ik heb het gevoel dat Madeleine afwezig is de laatste tijd. Alsof ze me niet meer echt leuk vindt. Ik zal het me wel verbeelden, toch?' Zijn ogen smeken om bevestiging. Bevestiging die ik hem niet ga geven.

'Ze gaat vreemd,' flap ik eruit.

Roger schrikt zichtbaar.

Er branden tranen in mijn ooghoeken.

'Echt waar, ik zag haar laatst zoenen met een ander. Het is Ferdie.'

Roger heeft nu ook tranen in zijn ogen, waardoor ik even denk dat hij me gelooft.

'Dit is echt ontzettend triest van je, Noa,' mompelt hij.

'Wat?' Ik kijk hem verward aan.

'Dat je zoiets verzint!' roept Roger uit. 'Ferdie is haar broer!'

'Blijkbaar niet, dus,' zeg ik boos.

Roger wendt zijn blik af. 'Ik geloof je niet.'

'Maar je moet me geloven. Ik lieg niet. Ik zeg dit omdat ik om je geef.'

Mijn tekst klinkt alsof hij rechtstreeks uit een goedkope doktersroman komt.

'Je zegt dit omdat je om me geeft? Als je om me gaf, had je me met rust gelaten,' reageert Roger. Hij wrijft gefrustreerd door zijn verwarde haren.

'Dus jij wilt dat ik je met rust laat?' Ik probeer zijn blik te vangen. Het lijkt wel alsof Roger dwars door me heen kijkt.

'Dat wil ik inderdaad, ja,' zegt hij rustig. 'Ik heb liever dat je nu weggaat.'

Ik ben te verbaasd en verward om iets terug te zeggen. In plaats daarvan knik ik en loop neergeslagen het café uit. Had ik nu maar mijn mond gehouden.

HOOFDSTUK 15

Vriendinnen voor altijd

De volgende dag zit mijn hoofd vol watten. Ik ben de hele dag mijn kamer niet uit gekomen, iets waar ik tegenwoordig een gewoonte van lijk te maken. Het lijkt alsof ik alles heb gedroomd, maar mijn rode ogen en vlekkerige gezicht herinneren me aan de realiteit. Ja, ik heb Roger de waarheid verteld. En dat vond hij helemaal niet leuk. Sterker nog, hij geloofde me niet. Hij zag me alleen maar als het verbitterde, jaloerse meisje, zoals ik voorspeld had. Ach, had ik maar mijn stomme mond gehouden.

Net op het moment dat ik me weer achterover in bed wil laten vallen, gaat de telefoon. Wanneer ik opneem, hoor ik de vrolijke stem van Maud. 'Hoi, Noa! Hoe gaat het met je?'

Hoe kan ze in hemelsnaam zo vrolijk zijn? Volgens mij heeft ze wel door dat er iets aan de hand is, omdat ik niet meer ben teruggekomen in het café.

'Ik leef in een nachtmerrie, als je het zo graag wilt weten,' antwoord ik donker.

'Kom op, niet zo depressief,' probeert Maud me op te vrolijken. 'Het is allemaal beter dan je denkt.'

Ik veer op. 'Hoezo, beter dan ik denk?'

'Roger heeft het uitgemaakt met Madeleine,' vertelt Maud.

Ik moet het even tot me door laten dringen. 'Hij heeft het uitgemaakt? Geloofde hij me dan toch? En hoe weet jij trouwens overal van?'

Maud kucht even. 'Nadat jij weggegaan bent, was Roger helemaal overstuur. Camiel en ik hebben hem mee naar buiten genomen om wat af te koelen. Uiteindelijk heeft hij alles aan ons verteld.'

'Maar hij geloofde me niet,' reageer ik verbaasd.

'Roger geloofde je inderdaad niet,' gaat Maud verder, 'maar ik heb hem overtuigd. Al lukte dat niet meteen.'

'Nou... gelukkig,' antwoord ik bedrukt. 'Maar hij wil me vast nooit meer zien. Hij haat me.'

Maud moet lachen. 'Hij haat je niet. Je moet niet zo negatief denken.'

Ik snuif ongelovig; ik ben niet overtuigd.

'Geloof me,' zegt Maud. 'Het komt allemaal goed. Echt waar.'

Volgende week begint de toetsweek. Ik kan me er nog niet toe zetten om weer stomme Franse woordjes uit mijn hoofd te leren, ook al heb ik veel tips gekregen op de cursus. In plaats van keihard te leren, slijt ik mijn dagen met het eten van chocola en staar ik naar mijn boeken. Ik doe de hele week al niks. En nu heb ik een pauze genomen. Een pauze tijdens het nietsdoen. Daarbij word ik gelukkig vergezeld door mijn vriendinnen. We zitten in het restaurant waar George ook werkt.

'Ik kan geen rekensom meer zien!' Lola strijkt vermoeid over haar voorhoofd.

'Liever wiskunde dan Frans,' zeg ik, terwijl ik een chagrijnig gezicht trek.

'Alsjeblieft, niet praten over school nu.' Maud onderbreekt ons gezeur. 'We hebben pauze.'

'Dat is waar,' geef ik toe.

'Als we klaar zijn met al die toetsen, gaan we met zijn drieën uit,' zegt Lola enthousiast.

Dan bedenkt ze zich. 'Als je mee wilt natuurlijk, Noa. We brengen je wel thuis.'

Even weet ik niet hoe ik moet reageren, maar dan glimlach ik. 'Dat lijkt me een goed idee. En ik wil graag een escorte tot aan de voordeur.'

Mijn vriendinnen moeten lachen. Het is misschien best eng, maar ik kan moeilijk elk weekend thuis gaan zitten. Daar zou ik niets mee opschieten.

'We gaan wat te drinken bestellen aan de bar,' zegt Lola. 'Om het te vieren,' voegt ze er met een knipoog aan toe.

Ook Maud springt op. 'Blijf jij maar zitten.'

Een beetje jaloers kijk ik de twee na terwijl ze naar de bar lopen. Sinds ze zo geheimzinnig deden en nu allebei een vriendje hebben, lijken ze naar elkaar toe gegroeid. Vroeger waren we altijd een hecht drietal, maar nu lijkt het alsof ik het vijfde wiel aan de wagen ben.

'Hoi, hoe gaat het met je?' George komt naar me toe lopen.

'Het gaat wel. Een beetje,' zeg ik mismoedig.

'O, kom op. Je weet dat ik elke gozer voor je in elkaar

timmer,' zegt George. Hij gaat tegenover me zitten. 'En dat meen ik serieus.'

'Dank je,' zeg ik. 'Maar dat is het niet alleen.'

'O, wat dan?' George kijkt me nieuwsgierig aan.

Ik kijk naar mijn twee vriendinnen en bedenk me dat ik George daar echt niet mee kan lastigvallen. Lola is zijn vriendin. Hij zal zeggen dat ik het me verbeeld en dat we nog steeds een hecht drietal zijn.

'Daar ga ik nu niet over zeuren.' Snel verzin ik een ander onderwerp. 'En hoe gaat het eigenlijk met je stalker Fleur? Hebben jij en Lola nog wel eens iets van haar gehoord?'

George kijkt vrolijk. 'Gek genoeg niet, nee. Ik ben met Fleur gaan praten en heb haar duidelijk gemaakt dat ik Lola heel speciaal vind en dat Fleur ons niet uit elkaar kan drijven. Ik denk dat ze daar wel even van schrok.'

Ik zwijmel weg. Dat is nog eens lief! Had ik maar iemand die...

'En hoe gaat het met jou en de liefde?'

Verdorie, ik haat het wanneer iemand precies weet waar ik aan denk.

'Je hoeft niets te zeggen hoor,' onderbreekt George mijn gedachten. 'Maar ik heb nieuws over Roger.'

Ik doe mijn best om niet al te happig over te komen, maar het lukt niet. Van schrik val ik bijna van mijn stoel.

'Gelukkig vind je hem niet meer leuk,' zegt George met pretogen.

'Nee, gelukkig niet meer,' antwoord ik blozend. 'Maar goed, wat wilde je me vertellen?'

George geniet van zijn machtspositie. 'Ach, dat ben ik vergeten,' reageert hij plagerig.

'George, hou op en vertel.' Ik kijk hem met een dreigende blik aan.

George rolt met zijn ogen. 'Vooruit dan maar. Ik heb hem laatst gesproken.'

Hij blijft even stil.

Ik geef hem een bestraffende tik. 'George, ga verder.'

'Hij had het over je,' zegt George dan.

'In positieve of negatieve zin?' vraag ik zenuwachtig.

'In positieve zin, geloof ik. Hij vond dat jullie het een en ander uit moesten praten,' antwoordt George.

Ik doe mijn best om geen gat in de lucht te springen. Roger wil het uitpraten! Dat betekent misschien wel...

'Hij wil met je praten, zodat jullie weer vrienden kunnen worden.' George was blijkbaar nog niet helemaal klaar.

Oké, misschien betekent het ook wel niets. Ik heb me weer eens laten meeslepen.

Even later komen mijn vriendinnen met drie volle glazen aanlopen.

'Krijg ik niks?' George kijkt Lola zogenaamd geschokt aan.

'Nee, jij moet weer aan het werk. Wegwezen! Dit is een vriendinnenmomentje.'

George kijkt sip en Lola geeft hem snel een kus op zijn wang.

'Vriendinnenmomentje?' Ik neem een glas van Maud aan.

'Ja, daar werd het weer eens tijd voor,' zegt ze. 'Ik wil namelijk zeggen dat het me spijt.'

Ik kijk haar dommig aan. 'Wat spijt je?'

'Dat Lola en ik zo geheimzinnig tegen je deden,' legt Maud uit. 'Echte vriendinnen horen dat niet te doen, sorry.'

Opgelucht haal ik adem.

'En ik ben nog niet klaar,' zegt Maud. 'Het spijt me ook dat ik zomaar iets met Camiel ben begonnen. Ik had het je moeten vragen.'

Ik knik instemmend. Dat had ze inderdaad moeten doen.

'En we hebben je niet echt gesteund, toen je aangevallen werd door een creep en het moeilijk had met Roger.'

Lola vult Maud aan. 'Dus bij dezen: je kunt ons altijd bellen. Zelfs midden in de nacht.'

'Zelfs als ik jullie tijdens een afspraakje bel?' Ik zeg het als een grapje, maar ik bedoel het eigenlijk serieus.

'Zelfs dan,' antwoorden Maud en Lola met een glimlach.

'Gelukkig maar.' Ik staar naar mijn glas. 'Ik was al bang dat jullie mij niet meer zo zagen zitten, omdat ik, nou ja, geen vriendje heb.'

'Nee, dat slaat nergens op!' Maud slaat een arm om me heen. 'Wij zijn voor altijd beste vriendinnen. Wij drieën.'

Lola heft haar glas. 'En vriendjes gaan nooit voor beste vriendinnen. Laten we toosten op ons.'

Met een grote glimlach hef ik mijn glas. Ik heb me echt voor niets druk gemaakt.

Ik geef het toe: ik durfde Roger niet te bellen. Dus heb ik via George een afspraak en tijd moeten regelen. Allemaal erg ingewikkeld, inderdaad. Uiteindelijk kom ik veel te laat in het park aan waar we afgesproken hebben. Ik hoop dat hij er nog is. Roger is nergens te bekennen. Een beetje paniekerig plof ik op het bankje voor me neer en kijk in het rond. Waarschijnlijk is hij allang weg.

Nog geen paar seconden later trekt zijn waanzinnig knappe verschijning mijn aandacht al. Herstel: zijn verschijning trekt mijn aandacht. Ik vind hem absoluut niet meer aantrekkelijk. Oké, misschien een beetje. Roger komt nonchalant aangeslenterd, met zijn handen in zijn broekzakken.

'Hé,' groet hij me met een glimlach.

Ik ben bang dat ik spontaan wartaal ga uitslaan, daarom knik ik glimlachend naar hem.

Hij gaat naast me op het bankje zitten.

'Dus je wilde praten,' begin ik.

Roger knikt. 'Ik wilde mijn excuses aanbieden.'

'Je wilde wát?'

'Mijn excuses aanbieden,' herhaalt Roger geduldig.

'Sorry, wat zei je nou?'

Roger rolt met zijn ogen. 'Volgens mij hoorde je me heel goed.'

Ik moet mijn best doen niet in de lach te schieten. Een moment zoals dit is natuurlijk ook prachtig. Eerst bieden mijn vriendinnen uitgebreid hun excuses aan en nu begint Roger ook al. Bovendien bieden jongens niet vaak hun excuses aan. Hier moet ik van profiteren.

'Vertel verder.'

'Sorry dat ik me zo stom gedragen heb,' vertelt Roger.

'Je hebt je stom gedragen,' herhaal ik liefjes. 'Wat bedoel je daar precies mee?'

Roger zucht. 'Sorry dat ik je niet geloofde toen je me de waarheid over Madeleine vertelde. Ik ben erachter gekomen...'

'Ja, dat weet ik allemaal al,' onderbreek ik hem. 'Sla dat maar over.'

Roger lijkt niet heel verbaasd te zijn. 'Ik had het kunnen weten,' zegt hij. 'Maar goed, wat ik toen ook allemaal tegen je gezegd heb, dat spijt me ook.'

Ik hoef niet eens zélf mijn excuses aan te bieden.

'Het spijt me ook dat ik me met jou en je gevoelens voor Camiel heb bemoeid,' besluit Roger. Zo te zien is hij blij dat hij van zijn schuldgevoelens af is.

'Goh,' reageer ik. 'Nou, bedankt.'

'Is alles nu weer goed?' Roger kijkt me een beetje onzeker aan.

Ik doe even of ik twijfel, maar geef hem dan een speelse tik tegen zijn been. 'Maar natuurlijk. Ik ben ook de kwaadste niet.'

Het is even stil.

'Maar hoe voel je je nu eigenlijk, na al dat gedoe met Madeleine?'

Roger bloost. Voor zover ik hem ken, heeft hij het nooit heel erg makkelijk gevonden over zijn gevoelens te praten.

'Het gaat wel. In het begin vond ik het erger dan nu.'

Hij staart naar de grond. Jeetje, wat ziet hij er kwetsbaar uit. Ik heb zin om hem te omhelzen, maar hou me in.

'Toch ben ik blij dat je het me verteld hebt,' geeft Roger

toe. Hij draait met zijn voet cirkeltjes in het zand. 'En ook van dat gedoe dat je om me geeft en zo.'

'O, dat.' Ik herinner het me nog maar al te goed. 'Ach, dat was gewoon een beetje wartaal,' mompel ik.

Roger gaat er niet op in. 'Maar nu we dat achter ons hebben gelaten,' zegt hij opgewekt, 'kunnen we vast weer vrienden zijn.'

Voor ik het weet, heeft hij zijn hand uitgestoken. Ik weet niet precies wat ik ermee moet doen, dus ik neem de hand maar gewoon aan. Daarbij probeer ik niet te reageren op de kleine stroomstootjes die ik via mijn hand door mijn lichaam voel trekken. Roger zal ze wel niet gevoeld hebben, of hij moet een geweldig acteur zijn.

'Natuurlijk kunnen we vrienden zijn,' vertel ik hem vrolijk. 'Laten we gewoon opnieuw beginnen, alsof er niets gebeurd is.'

Dat moet lukken, neem ik mezelf voor. We worden gewoon vrienden, als ik die kriebels vanbinnen maar kan negeren.

HOOFDSTUK 16

Blunderkampioen

Het gaat een stuk beter met me. Ik heb geen ruzie meer met mijn vriendinnen of met Roger en ik kan ermee leven dat ik de enige vrijgezel ben in ons groepje. Aan het einde van de toetsweek besef ik zelfs dat ik mijn toetsen redelijk goed gemaakt heb. Na de toetsen moet ik weer naar de faalangstcursus. Deze keer zie ik er niet zo erg tegenop.

'Vandaag bespreken we jullie sterke kanten,' vertelt onze cursusleidster.

Ik raak een beetje in paniek. Sterke kanten? Heb ik die eigenlijk wel? Natuurlijk gaat het erom dat we tijdens dit hele proces zekerder worden van onszelf, maar ik weet niet echt sterke punten van mezelf te bedenken.

'We noemen van iedereen een goede eigenschap op,' legt Andrea uit.

Ik ken de anderen niet zo goed, maar ik denk dat het wel gaat lukken. Iedereen heeft immers doorzettingsvermogen nodig om deze saaie cursus af te maken. Nadat een paar mensen geweest zijn, belanden we bij mij. Het liefst zou ik dit moment overgeslagen hebben.

'Wat vind jij een sterke eigenschap van jezelf, Noa?'

Ik begin te blozen. Mijn hoofd is ineens helemaal leeg. 'Ik weet het niet,' stamel ik.

'Dat geeft niet. Laten we eens kijken wat de groep ervan vindt.'

Ik ben bang dat niemand zijn vinger op zal steken, maar dat gebeurt niet.

Meteen steekt een meisje haar vinger op. Ik ken haar wel, ze zit bij mij in de wiskundeklas.

'Noa is ontzettend goed in wiskunde,' zegt ze vriendelijk.

Ik staar haar perplex aan. Goed in wiskunde? Ja, oké, maar dat is niet echt iets goeds.

'Ik was het liever niet geweest,' flap ik eruit.

Nu zie ik vele verbaasde blikken.

'Waarom niet?' De cursusleidster kijkt me doordringend aan.

'Nou, omdat het niet echt iets is om trots op te zijn. Iedereen ziet me als een nerd,' leg ik uit.

Nu moeten sommige leerlingen lachen.

'Jij bent tenminste érgens goed in,' vindt het meisje. 'Ik ben slecht in álle vakken.'

Ik laat haar opmerking even op me inwerken. Dat is waar, ik ben in ieder geval goed in wiskunde. Zo had ik het nog niet bekeken.

Uitgelaten kom ik die middag de woonkamer binnen lopen. Mijn moeder staat de afwas te doen. Aan tafel zit mijn vader te schrijven. Hij is erg ijverig, de laatste tijd.

'Was het leuk op school?' Mijn moeder heeft deze vraag al duizend keer gesteld, maar deze keer vind ik het niet erg.

'Het was leuk,' glimlach ik. 'Vooral de cursus.'

Mijn ouders draaien zich allebei tegelijk naar me om.

'Nou,' reageer ik quasibeledigd. 'Ik heb ontdekt dat ik goed ben in wiskunde. En dat is best wel leuk.'

Mijn moeder schiet in de lach. 'Dat wist je toch allang?'

Ik knik. 'Jawel, maar eerst vond ik het niet leuk. Nu bedenk ik me dat het best cool is om een talent te hebben. Al is dat talent dan toevallig wiskunde.'

'Wat is er mis met wiskunde?' Mijn moeder droogt een bord af en kijkt me verontwaardigd aan. 'Weet je nog dat je een prijs hebt gewonnen bij een wedstrijd? We waren allemaal zo trots op je.'

Ik haal mijn schouders op. 'Ik zag het eerder als een soort belemmering.'

'Dat is toch nergens voor nodig? Wiskunde is trouwens niet je enige talent,' merkt mijn vader op. 'Je hebt nog heel veel andere talenten. Net als je vader hier kun jij ontzettend goed schrijven.'

'Hoe weet jij dat nu weer?' Ik kijk hem verbaasd aan.

'Als je niet wilt dat ik je schrijfsels lees, moet je ze niet open en bloot op je bureau laten liggen,' zegt mijn vader grinnikend.

'Pap! Dat is privé, daar mag je niet in lezen!' Verontwaardigd kijk ik hem aan. 'Ik ga toch ook niet in jouw spullen zitten rommelen?'

Mijn vader heft zijn handen op. 'Dan moet je het de volgende keer niet zo rond laten slingeren. Maar je hebt gelijk, ik zal het niet meer doen.'

'Welk gedeelte heb je precies gelezen?' vraag ik snel.

'Maak je niet druk,' zegt mijn vader. 'Ik heb alleen de inleiding gelezen. Er stond dat het schrift niet bestemd was voor zwaar gestoorde vaders en kinderachtige broertjes.'

Ik moet lachen. Gelukkig heeft mijn vader niet verder gelezen. Ik denk dat hij zich rot zou schrikken. Soms is mijn leven ontzettend slaapverwekkend en soms lijkt het juist wel op een soap. Het is het beste dat mijn vader denkt dat ik een saai leven leid. Hij weet niet beter dan dat ik alleen maar braaf naar school ga en mijn huiswerk maak.

'Vind je het wel handig om in een schrift te schrijven? Ik word er soms behoorlijk moe van.' Mijn vader schudt met zijn lamme rechterhand.

'Het kan niet anders. Ik kan moeilijk elke keer de computer opstarten. In mijn bed schrijven is veel fijner,' zeg ik glimlachend.

'Misschien kun je ooit een laptop kopen.'

Mijn vader weet net zo goed als ik dat dat niet gaat gebeuren. Ik heb weinig geld, en ook al geen baantje.

'Heel grappig, pap,' zeg ik tegen hem.

Niets kan mijn goede zin doen verdwijnen. Ook geen irritante vaders.

Het is heel erg donker en benauwd. In mijn nek voel ik de hete adem van iemand die vlakbij staat. Ik probeer weg te rennen, maar mijn voeten komen niet in beweging.

'Hoe gaat het ermee, schatje?' De stem klinkt vlak bij mijn oor, waardoor ik in paniek raak.

'Blijf van me af,' gil ik. 'Ik ga niet met je mee!'

Plotseling voel ik een paar handen mijn lichaam betasten. Ik begin keihard te gillen.

'Noa, gaat het wel goed met je?'

Op dat moment schudt mijn zusje me wakker. Het duurt even voordat ik me realiseer dat ik weer een verschrikkelijke nachtmerrie heb gehad.

'Het gaat wel, geloof ik. Wat doe jij hier?'

Carijne komt voorzichtig naast me zitten. 'Ik hoorde je schreeuwen. Het verbaast me dat je pap en mam niet wakker hebt gemaakt, want het klonk behoorlijk hard.'

Ik word weer misselijk als ik aan de nachtmerrie terugdenk.

'Hoelang denk je dat het duurt voordat ik het vergeten ben? Denk je dat ik een trauma heb opgelopen?'

Ik trek mijn dekens op tot aan mijn kin en durf Carijne niet aan te kijken.

'Ik heb geen idee,' zegt ze eerlijk. 'Maar het zal vast wel overgaan. Er is toch niets ergs gebeurd? Roger was er toch op tijd bij?'

Ik knik. 'Je hebt gelijk, maar ik blijf steeds denken aan wat er had kúnnen gebeuren.'

'Droom je er vaak over?' Carijne schuift dicht naast me op bed.

'Ja, best vaak,' zeg ik. 'Ik hoop dat het snel overgaat, want ik wil niet meer bang zijn.'

'Dat hoeft ook niet,' zegt Carijne. 'Hij kan je nu niets meer doen. Misschien weet ik wel een oplossing: vannacht blijf ik bij je slapen.'

Ik grinnik en schud mijn hoofd. 'Dat kun je beter niet doen. Straks ga ik weer keihard gillen.'

'Dat maakt me niet uit. Ik hoor je ook wel als ik in mijn eigen bed slaap,' zegt Carijne met een glimlach.

Daar heeft ze gelijk in. Even twijfel ik, dan til ik de dekens omhoog. Carijne kruipt naast me onder de dekens. Het past net. Een poosje staren we naar het plafond.

'Welterusten,' fluistert Carijne.

'Welterusten,' zeg ik terug.

Al snel hoor ik haar ademhaling regelmatig worden. Het stelt me gerust. En daarna val ik zelf ook in een droomloze slaap.

Wanneer ik de volgende ochtend wakker word, voel ik me uitgeslapen en zelfverzekerd.

Die middag loop ik met mijn vriendinnen door de schoolkantine.

'Kijk, daar heb je Roger.' Maud wijst naar een plek midden in de kantine.

'Je moet hem even gedag zeggen,' vindt Lola.

'Wat? Nee, echt niet. We zijn gewoon vrienden, weet je nog?'

Lola en Maud wisselen een blik. 'O ja? Dus je zou het niet erg vinden als iemand zoals... Carijne een relatie met hem zou beginnen?'

'Nee, dat zou ik helemaal niet...' Ik slik even. 'Ja, natuurlijk zou ik dat erg vinden!' Verward kijk ik naar mijn vriendinnen.

'Precies.' Maud glimlacht.

'Ik ga hem geen gedag zeggen.' Beslist draai ik me om.

'Hij zwaait al naar je,' zegt Lola vals. 'Nu moet je wel even langsgaan.'

En inderdaad, Roger heeft zich omgedraaid.

Met blosjes op mijn wangen staar ik terug. Maud en Lola duwen me Rogers richting op.

'Nee, ik wil niet,' sis ik veel te hard. 'Ik wil niet... Au!'

Voordat ik het doorheb, struikel ik over mijn eigen voeten. Met een klap kom ik op de grond terecht, midden in de kantine. Even blijf ik stilliggen, totdat ik me realiseer dat iedereen naar me kijkt.

'Kom snel overeind.' Lola en Maud helpen me opstaan.

'Oef, dat was niet zo pijnlijk. Niets aan de hand,' stamel ik.

Als ik een blik op Roger werp, zie ik dat al zijn vrienden me lachend aankijken. Wat Roger ervan vindt, kan ik niet uit zijn blik opmaken.

'Ik schaam me kapot,' zeg ik blozend. 'Ik ga alvast. Ik zie jullie later wel.'

Met gebogen hoofd loop ik de kantine uit. Waarom moet ik mezelf toch altijd zo voor schut zetten?

Een paar lessen later sta ik bij mijn kluisje met mijn vriendinnen.

'Zo erg was het niet,' verzekeren Maud en Lola me. Ze zijn al een tijdje op me aan het inpraten om me duidelijk te maken dat ik geen complete idioot ben.

Zo voel ik me wel. 'Dit moet mij ook altijd weer overkomen,' somber ik.

Op dat moment komt Roger langslopen. Zijn kluisje is niet ver van het mijne.

'Hé, Noa, jou moest ik net hebben!'

Ik gebaar naar Lola en Maud dat ze weg moeten gaan.

Zo snel als maar kan, lopen ze naar hun kluisjes en beginnen een gekunsteld gesprek.

'Ik wilde je vragen...' Roger valt stil en kijkt naar mijn tas.

'Wat wilde je zeggen?'

Voordat ik het goed en wel doorheb, heeft Roger mijn tas gepakt en houdt hem voor mijn neus. Er druipt een bruine vloeistof uit.

Ik spring verschrikt achteruit.

'Dat meen je niet! Mijn chocomel lekt!'

Roger bijt op zijn lip en probeert zijn lachen in te houden.

'Nou, dat is absoluut niet grappig,' protesteer ik.

'Er zitten best veel boeken in.'

Roger trekt zijn gezicht weer in de plooi. 'Nee, je hebt gelijk. Het is helemaal niet grappig, sorry.'

Als ik naar de bruine onderkant van de tas kijk, schiet ik zelf ook in de lach.

Roger slingert de tas op en neer voor mijn gezicht, zodat ik net niet geraakt word.

'Hou op!' Giechelend probeer ik de tas te pakken.

'Maar wat wilde je me vragen?' Ik pak de tas van hem over.

Roger lijkt plotseling verlegen. 'Ik wilde je vragen of je misschien weer een keer iets met me wil afspreken,' zegt hij blozend.

Ik moet zeggen dat ik toch verbaasd ben, ook al heb ik er natuurlijk wel een hele tijd stiekem op gehoopt. 'En ik dacht dat je opnieuw wilde beginnen als vrienden?'

Wanneer ik zijn beteuterde gezicht zie, voeg ik eraan

toe: 'Dat betekent niet dat mijn antwoord "nee" is.'

'Ik wilde inderdaad opnieuw beginnen,' zegt Roger. 'En dat doe ik ook. Ik ga een onbekend, ontzettend leuk meisje mee uit vragen. Wacht even.'

Hij loopt een paar passen bij me vandaan en komt dan opnieuw aanlopen. 'Hallo,' zegt hij en hij steekt zijn hand uit. 'Ik ben Roger, aangenaam.'

Ik pak zijn hand glimlachend aan. 'Ik ben Noa, hoi.'

'Dus, wat zeg je van aanstaande donderdag om acht uur?' Roger kijkt me ondeugend aan. We blijven elkaars hand schudden.

'Ik denk dat dat prima uitkomt,' antwoord ik verlegen.

'Goed,' zegt Roger. Hij blijft me aankijken. 'Dan zie ik je snel weer.'

Voor ik het weet, heeft hij een kus op mijn wang geplant en sta ik in vuur en vlam.

'Dag,' groet ik hem met een knalrood hoofd.

Het kriebelt enorm in mijn buik. En het dringt langzaam tot me door: ik heb een nieuw afspraakje met Roger!

HOOFDSTUK 17

Happy birthday

Maud en Lola zijn helemaal door het dolle heen wanneer
ze horen van mijn afspraakje met Roger. Natuurlijk hebben ze al het een en ander opgevangen in de gang, maar
ik heb ze het hele verhaal nog eens uitgebreid verteld. Ik
hang met allebei een halfuur aan de telefoon. Lang leve dit
communicatiemiddel, dat me de mogelijkheid geeft met
drie mensen tegelijk een gesprek te hebben.

'Ben je zenuwachtig?' vraagt Lola.

Ik voel de zenuwen door mijn buik gieren. 'Ja, en niet
zo'n klein beetje ook.'

Mijn vriendinnen moeten lachen.

'Het komt wel goed. Heb je alles goed voorbereid?
Kauwgom bij je? Je hebt toch wel je tanden gepoetst?'
vraagt Maud.

'Ja, mam,' antwoord ik.

Eigenlijk ben ik er wel klaar voor. Ik bedoel, hoelang
kennen Roger en ik elkaar nu eigenlijk al? Als het niets
wordt, dan is dat heel jammer. Als het wel iets wordt, dan...
Ik voel de vlinders weer door mijn buik fladderen. Ik kijk
op mijn horloge. Over tien minuten komt Roger al, dus

ik moet opschieten. Snel zeg ik mijn vriendinnen gedag. Ik beloof hen meteen te bellen zodra ik meer nieuws heb. Lola en Maud eisen een uitgebreid verslag.

Nu ik mijn vriendinnen niet meer aan de telefoon heb, moet Carijne me helpen.

'Carijne, ik heb je mening nodig. Zie ik er goed uit?'

Carijne, de koningin der afspraakjes en losse flirts, glimlacht vergenoegd. 'Wie is de gelukkige?'

'Roger natuurlijk,' flap ik eruit.

'Je ziet er geweldig uit,' zegt Carijne. 'Je moet alleen nog wat make-up op. Mag ik dat alsjeblieft doen?'

Even twijfel ik of ik die klus aan Carijne over moet laten, maar ga dan overstag. Ze kijkt me met zulke zielige puppyogen aan dat ik wel moet toegeven. Al snel is ze in de weer met allerlei kwastjes. Ik word plotseling ontzettend onzeker. Stel je voor dat Carijne mijn gezicht verpest? Roger komt al over een paar minuten.

Volgens mij is het eerste woordje dat Carijne als baby kon zeggen 'mascara'. In vijf minuten weet ze me een natuurlijke look te geven, terwijl ze toch al mijn minpuntjes heeft gecamoufleerd.

Wanneer de bel gaat, kijk ik verschrikt op. 'Daar zul je hem hebben!'

'Alleen nog even dit afmaken.' Carijne wil met een oogpotlood langs mijn oog gaan, wanneer ik haar aanstoot. Ze schiet uit en zet een streep op mijn wang.

'Carijne, wat doe je nou?' Ik kijk in de spiegel. 'Haal het eraf!'

Carijne begint snel naar make-upremover te zoeken.

'Als ik de streep eraf haal, haal ik al je make-up eraf,' zegt ze paniekerig.

Ik haal mijn schouders op. 'Jammer dan.'

'Dan is al mijn mooie werk voor niets geweest,' protesteert ze.

'Wat wil je dan doen? Me met een streep op mijn wang naar een afspraakje laten gaan?' Ik kijk haar sarcastisch aan.

Carijne begint met tegenzin de streep van mijn wang te halen. De rest van de make-up gaat mee. Er blijft alleen een restje mascara op mijn ogen zitten.

'Noa, kom je nog?' De stem van mijn moeder klinkt vanuit de hal.

Ik bekijk mezelf in de spiegel en spring op voordat ik weer kan gaan twijfelen.

'Succes!' Mijn zusje kan het niet laten om me nog iets na te roepen.

Ik stommel snel naar beneden.

Roger staat in de deuropening en glimlacht verlegen naar me.

Mijn moeder blijft gewoon in de gang staan. Er valt een ongemakkelijke stilte. Ik probeer haar te seinen dat ze weg moet gaan, maar helaas vangt ze mijn wanhopige pogingen niet op.

'Mam, ik kan het zo zelf wel verder,' zeg ik gegeneerd.

Mijn moeder lijkt nu wakker te schrikken en knikt. 'Maar natuurlijk,' zegt ze. 'Veel plezier,' voegt ze er met een knipoog aan toe.

Ik ben opgelucht als ze de deur achter zich dicht heeft gedaan. Roger en ik staan alleen in de gang.

'Hoi,' zegt Roger glimlachend.

'Hoi,' groet ik hem verlegen terug.

In de daaropvolgende stilte bekijken we elkaar van top tot teen. Zo te zien heeft Roger geprobeerd zijn haar in model te brengen, wat hem overigens niet goed gelukt is. Het is niet erg, want het staat wel schattig.

Roger verbreekt de stilte. 'Dat wat je laatst in het restaurant zei, meende je dat ook?'

'Wat bedoel je?' Ik weet heel goed waar hij het over heeft, maar ik wil het eerst zeker weten.

'Je zei dat je om me geeft,' helpt Roger me herinneren.

Ik doe alsof het me weer te binnen schiet. 'O, dat, ja.'

Ik probeer te bedenken wat ik nu moet antwoorden. Sta ik ontzettend voor paal als ik hem gewoon de waarheid vertel?

Ik besluit het erop te wagen. 'Dat meende ik inderdaad,' antwoord ik dus maar.

Roger stapt dichterbij, zodat ik zijn heerlijke geur kan ruiken. Hij pakt mijn hand.

'Zullen we het vrienden zijn dan maar gewoon overslaan? Volgens mij ken ik je wel goed genoeg.'

Op een dinsdagavond eten we met het hele gezin samen. Mijn moeder heeft de tafel netjes gedekt met het mooie servies en waxinelichtjes aangestoken. Zo chic eten we normaal nooit.

'Noa, we willen zeggen dat we heel trots op je zijn,' zegt mijn vader gemeend. 'De faalangstcursus heeft echt geholpen.'

Tevreden denk ik terug aan mijn cijferlijst . Ik heb die

week geen enkele onvoldoende gehaald.

'Hebben jullie daarom de tafel zo netjes gedekt?' Carijne wijst op de waxinelichtjes.

'Onder andere,' zegt mijn moeder glimlachend.

Carijne en ik kijken haar nieuwsgierig aan. 'Wat is de andere reden dan?'

'Jullie vader heeft een contract gesloten met een tijdschrift,' zegt mijn moeder trots.

Mijn vader geeft me een knipoog. 'Nu mag ik wekelijks een column gaan schrijven.'

'En waarover ga je schrijven?' vraag ik.

We kijken allemaal belangstellend naar mijn vader.

'Over van alles, maar vooral over ons gezin,' antwoordt hij.

'Dus dat gaat over ons? Ik wil helemaal niet in een tijdschrift komen!' Carijne kijkt geschrokken.

'Je mag het lezen voor het gepubliceerd wordt. Als je het niet goed vindt, verander ik de tekst,' zegt mijn vader toegeeflijk.

Carijne is verbaasd dat ze zo snel haar zin krijgt. 'In dat geval ben ik heel trots op je, pap.' Ze geeft mijn vader een knuffel.

'Robbie wil ook knuffelen!' Robbie slaat zijn kleine armpjes om mijn vaders benen.

Ook mijn moeder staat op van haar stoel. 'Laten we een groepsknuffel doen,' stelt ze voor.

Wat zijn ze toch gestoord! Carijne en ik rollen met onze ogen, maar we doen wel mee. Deze familie mag soms een beetje gek zijn, ik ben er trots op. Het is míjn gekke familie.

Een paar dagen later ben ik jarig. Ik word eindelijk zestien! Al mijn vrienden komen op bezoek. De rollen zijn alweer aardig verdeeld: mijn moeder is druk bezig in de keuken, samen met Carijne, Lola en Maud. Ik wilde dolgraag helpen, maar dat mocht absoluut niet.

'Blijf vooral lekker zitten,' drukt mijn moeder me voor de zoveelste keer op het hart. 'En proef een hapje van mijn zelfgemaakte taart.'

Ze geeft me een hapje versgebakken MonChou-taart.

Ik lik uitgebreid mijn lippen af.

'Dat kan nog wel iets beter, mam,' zeg ik zogenaamd teleurgesteld. Als ik haar bedrukte gezicht zie, krabbel ik snel terug. 'Grapje, mam, het is heerlijk!'

'En wanneer mogen wij van deze overheerlijke taart proeven?' Mijn vader geeft me een knipoog.

Hij zit op de bank met Robbie op schoot. Naast hem zitten George en Camiel geconcentreerd naar de televisie te kijken. Er wordt een wedstrijd van het EK uitgezonden.

'Nog even wachten, de hapjes en taart zijn zo klaar,' zegt mijn moeder.

Ze verdwijnt de keuken weer in.

Alle mannen zitten gekluisterd aan het beeldscherm. Allemaal, behalve eentje.

Roger zit naast me op de sofa. Hij kriebelt me onopgemerkt in mijn nek. Tenminste, dat denken we.

'Niet zo klef doen, jullie twee!' Lola kijkt ons bestraffend aan vanuit de keuken.

Roger en ik worden allebei ontzettend rood. Als we elkaar aankijken, moeten we lachen. Het heeft veel te lang geduurd voordat Roger en ik eindelijk meer dan vrienden zijn geworden. Ik moet bekennen dat ik heel wat heb gemist: Roger kan geweldig zoenen en hij is een fantastisch vriendje. Om het maar in voetbaltaal te zeggen: ik heb de Champions League der Vriendjes gewonnen!

In de rust zetten mijn moeder, Maud, Lola en Carijne de hapjes op tafel. We vallen als echte voetbalfans aan op het eten.

'Ik vind dat we zo wel moeten zingen,' vindt mijn moeder.

Ik bloos. 'Dat hoeft echt niet hoor, mam!'

'Ik sta erop,' zegt mijn moeder. Ze pakt mijn hand en voor ik het weet, sta ik op de tafel.

Mijn moeder zet 'Happy birthday' in en de rest volgt, de een nog valser dan de ander.

'Je mag kaarsjes uitblazen! Mag ik je helpen?' Robbie staat te trappelen. Samen blazen we alle zestien kaarsjes uit.

'En nu de cadeautjes!' Mijn moeder wijst naar een stapel pakjes midden in de kamer.

Er volgen grappige cadeautjes van mijn vriendinnen, een tekening van mijn broertje en een nieuwe mascara van mijn zusje.

Tot slot blijven er twee pakjes over.

Nieuwsgierig neem ik het kleinste pakketje in mijn handen. Het voelt aan als een boek. Wanneer ik het papier eraf scheur, komt er een dagboek tevoorschijn.

Roger zwaait met het sleuteltje. 'Ik dacht dat die van jou zo ondertussen wel eens vol zou zijn,' grijnst hij.

Ik heb hem laatst verteld dat ik alles wat ik meemaak,

opschrijf in een schrift en daarna verander in verhaal-vorm op de computer.

Ik omhels hem en pak dan het laatste cadeau. Het voelt zwaar, maar ook plat aan. Zou het? Snel scheur ik het papier eraf. Ja!

'Een nieuwe laptop!' gil ik enthousiast – ik kan het niet helpen.

'We dachten dat je die ook wel kon gebruiken voor al je schrijfwerk. Je wordt later vast net zo goed als ik,' grapt mijn vader.

'Bedankt, mam, bedankt, pap!' Ik geef hun allebei een dikke knuffel.

Mijn ouders kijken elkaar aan. 'Je moet de anderen ook bedanken. Hoewel wij het eigenlijk ook al van plan waren, kwam Roger met het idee aanzetten. Iedereen heeft iets bijgelegd.'

Verbaasd kijk ik de kamer rond. Mijn vrienden kijken me allemaal glimlachend aan. Blozend van blijdschap geef ik hun allemaal een knuffel, eindigend bij Roger.

'Schrijf je nu niet te veel slechte dingen over mij?' Hij schenkt me een ondeugende glimlach.

Het kan me niet schelen dat mijn ouders ook in de kamer staan. Ik beantwoord zijn vraag met een kus. Natuurlijk begint iedereen te juichen als een gek, maar daar trekken we ons lekker niets van aan.

'Ik wist wel dat je het leuk zou vinden,' fluistert Roger in mijn oor.

En dat bedoel ik nou: veel slechts valt er niet over hem te schrijven. Is hij niet het allerleukste vriendje dat er bestaat?

Hallo! Ik ben Renske. Ik heb me dit jaar helemaal te pletter geleerd voor mijn eindexamen VWO, en zat dus voornamelijk te zwoegen boven mijn studieboeken. Althans, dat was de bedoeling; stiekem ben ik natuurlijk liever druk met heel andere dingen...

Al sinds ik een boek kon vastpakken, ben ik er gek op. Inmiddels lees ik niet alleen, maar rolt het ene na het andere verhaal uit mijn pen en schrijf en recenseer ik me suf voor allerlei websites. In het kleine beetje vrije tijd dat ik heb, maak ik met alle liefde mijn kleedgeld op, en natuurlijk besteed ik hartstikke veel tijd aan mijn vriendinnen en lieve (helemaal niet vervelende) zusje. Als ik bij hen ben, flap ik er regelmatig gekke dingen uit.